国王正在死去

黄晋凯　译

献给

雅克·莫克莱,热纳维耶芙和莫里斯·德·冈迪雅克

人物表

贝朗热一世，国王	雅克·莫克莱
玛格丽特王后，国王贝朗热一世的 第一个妻子	齐莉娅·切尔顿
玛莉王后，国王贝朗热一世的 第二个妻子	雷娜·库尔图瓦
大夫，身兼外科医生、刽子手、 细菌学家、星相学家	马塞尔·屈弗利耶
朱丽叶特，女仆、护士	罗塞特·祖凯里
侍卫	马塞尔·尚佩尔

该剧于一九六二年十二月十五日在巴黎法语联盟剧场首演。
导演雅克·莫克莱，布景和服装雅克·诺埃尔，配乐乔治·德勒吕。

布　景

大殿，有点破旧，有点哥特式。台中靠后，有几级通向国王宝座的台阶。舞台两侧靠前，有两个略小的宝座分属两位王后——国王的两个妻子。

台右是花园，右后一小门通国王套间。台左后另有一小门。台左前为一大门。大小门之间有一尖形窗，台右另有一小窗，右前侧亦有一小门。大门旁伫立一位持戟的老侍卫。

幕启前、幕启时及幕启后一段时间内，观众可以听到模仿十七世纪乐曲《国王起床》制成的戏谑的王家音乐。

侍　　卫　（通报）尊贵的陛下，国王贝朗热一世。国王万岁！

　　　　　〔国王快步上，身披红袍，头戴王冠，手执权杖，从左后小门上场，穿过舞台，从右后小门下。

侍　　卫　（通报）尊贵的陛下，玛格丽特王后，国王的第一个妻子，并携陛下的女仆及护士朱丽叶特。王后万岁！

　　　　　〔玛格丽特，后随朱丽叶特，自右前门上，左侧大门下。

侍　　卫　（通报）尊贵的陛下，玛莉王后，国王的第二个妻子，第一个妻子在她心中，陛下的女仆和护士朱丽叶特在她身后。王后万岁！

　　　　　〔玛莉王后，后随朱丽叶特，自左侧大门上，并携朱丽叶特从右前门下。玛莉似比玛格丽特漂亮、年轻。她头戴王冠，身

5

披红袍。此外,她还戴着首饰。大夫从左后门上。

侍　卫　(通报)绝对权威、国王御医、宫廷外科医生、细菌学家、刽子手兼星相学家。(大夫走到台中央,似乎忘记了什么,原路折回,从原门出。侍卫沉默片刻,神情疲惫。他将戟靠在墙上,以气呵手取暖)该到供暖的时候了。暖气,快供起来。毫无动静,没辙。暖气,快供起来。暖气片还是凉的。这可不是我的错。没人告诉我撤掉我火头军的职务了,至少没人正式通知我。跟这帮家伙打交道就是这样,你什么也搞不清。(突然,他又拿起武器。玛格丽特王后从左后门重上。头戴王冠,红袍并不十分鲜亮。神情有些严肃。她在舞台中央靠前处停住,后随朱丽叶特)王后万岁!

玛格丽特　(环顾四周,对朱丽叶特)到处是灰尘。地上还有烟头。

朱丽叶特　我到牛棚挤奶去了,刚回来,陛下。那头牛快没奶了。我没工夫打扫这间起居室。

玛格丽特　这不是起居室,是宫廷。我跟你说了多少遍了?

朱丽叶特　好吧,宫廷,要是陛下愿意。我没工夫打扫这间起居室。

玛格丽特　好冷啊!

侍　卫　我试过生火了,陛下,可生不着。暖气片什么都听不进去。天空阴沉,阴云也无意就此消散。太阳来迟了。我还听见国王命令它马上出来。

玛格丽特　见鬼!太阳也已经不听话了。

侍　卫　昨晚我还听见了细小的断裂声。墙上出现了裂缝。

玛格丽特　开始了?太快了,我没想到说来就来了。

侍　卫　我曾设法和朱丽叶特一起把它堵上。

朱丽叶特　他半夜把我叫醒。我正睡得香着呢。

侍　卫　堵上后,它又裂开了。要不要再试试?

6

玛格丽特 不必了。这是无法逆转的。(对朱丽叶特)玛莉王后在
　　哪儿?

朱丽叶特 可能还在梳洗。

玛格丽特 肯定是。

朱丽叶特 她天没亮就醒了。

玛格丽特 噢!又来了。

朱丽叶特 我听见她在房间里哭。

玛格丽特 笑和哭:她都很在行。(对朱丽叶特)给我找她去,让她
　　马上来。

　　　　〔恰在此时,玛莉王后上场,穿戴和前面说的一样。

侍　卫 (在玛莉王后出现前的一瞬)王后万岁!

玛格丽特 (对玛莉)亲爱的,您眼睛都红了。这可有损您的美貌。

玛　莉 我知道。

玛格丽特 别再哭了。

玛　莉 哎,我很难控制自己。

玛格丽特 千万不要惊慌失措。这一点儿用都没有。这难道不是
　　很正常的吗?您早就料到了。您没有再想这事儿。

玛　莉 您一直想的就是这事儿。

玛格丽特 幸而如此。一切都正当其时。(对朱丽叶特)再给她一
　　块手绢。

玛　莉 我总希望……

玛格丽特 为时已晚。希望,希望!(耸肩)他们就会这样,嘴里谈
　　着希望,眼睛含着泪水。莫名其妙的风俗!

玛　莉 您又见大夫了吗?他说什么?

玛格丽特 您都知道。

玛　莉 也许他搞错了呢。

玛格丽特　您不要再奢望什么奇迹。指标是不会错的。

玛　莉　也许他看错了。

玛格丽特　指标是客观的,不会错。您很清楚。

玛　莉　(看墙)啊! 裂缝!

玛格丽特　您看见了! 事已至此。要是他对此没有准备,要是他会感到吃惊,这是您的过错。是您把事情搞成这样的,甚至可以说是您在推波助澜。啊,生活多甜蜜! 您的舞会,您的游乐,您的随从;您的晚宴,您的烟花和焰火,您的婚礼和结婚旅行! 您搞了多少次结婚旅行?

玛　莉　这都是为了庆祝我们的结婚纪念日。

玛格丽特　你们一年庆祝四次结婚纪念日。您总说,"应当好好生活"……

玛　莉　他非常喜欢这些节日。

玛格丽特　男人们心知肚明。他们装作不知道! 他们心知肚明却又抛到脑后。而他,他是国王。他是不应当忘的。他应当有远大的目光,了解要走的每一步,准确地知道自己究竟能走多远,直至终点。

玛　莉　我可怜的宝贝儿,我可怜的小国王。

玛格丽特　(对朱丽叶特)再给她一块手绢。(对玛莉)瞧,心放宽一点儿。您要是对着他流泪,会传染给他的。他现在非常虚弱。您已经给过他很恶劣的影响。是啊,他爱您胜过爱我,这没什么! 我并不嫉妒,一点都不。我只是觉得这并不聪明。现在,您为他什么也做不了了。您整天泪流满面,不再和我作对,也不再向我投来蔑视的目光了。您的傲慢、您的冷笑、您的嘲讽,如今都跑到哪儿去了? 好啦,您该醒醒了。找好您的位置,尽量坐直了。瞧,您总是戴着漂亮项链。来,坐到您的座位上去。

玛　莉　（坐下）我没法儿对他说。

玛格丽特　由我来说。我习惯了干苦差。

玛　莉　别对他说这事儿。别。我求您别说。什么也别告诉他，我
　　求求您。

玛格丽特　您就让我干吧，我求求您啦！不过，这典礼前的每一步，
　　我们还需要您。您那么喜欢典礼。

玛　莉　这种典礼我可不喜欢。

玛格丽特　（对朱丽叶特）去把我们的拖裙收拾好。

朱丽叶特　是，陛下。

　　　　〔朱丽叶特下。

玛格丽特　当然，这个典礼不会像您的舞会那么有趣。您的舞会可
　　真是多种多样，孩子的舞会、老人的舞会、青年夫妇的舞会、死里
　　逃生者舞会、受勋者舞会、女文人舞会，还有舞会组织者舞会，等
　　等，等等。这次舞会只是家庭舞会，没有舞蹈家，也没有舞蹈。

玛　莉　什么也别告诉他。最好别让他发现什么。

玛格丽特　……让他以一曲告终？这是不可能的。

玛　莉　您没有心。

玛格丽特　不，不，它还跳着呢。

玛　莉　您真不人道。

玛格丽特　"不人道"是什么意思？

玛　莉　太可怕了，他还没思想准备呢。

玛格丽特　要是他没思想准备，这是您的错。他就像一个滞留在客
　　栈里的旅行者，竟忘了客栈并非他旅行的目的地；我曾经提醒
　　您，他要时刻留意他的命运，您可说我是杞人忧天，夸大其词。

朱丽叶特　（旁白）就是有点夸大其词。

玛　莉　要是非告诉他不可，至少要说得尽可能委婉些。讲点儿分

寸,多讲点儿分寸。

玛格丽特　他早就该有准备,他本应每日每时地提醒自己。我们耽误了多少时间!(对朱丽叶特)您干吗用这么古怪的眼神看着我们?您也一样,您也快垮台了。您可以走了,别走得太远,我们还会叫您的。

朱丽叶特　是吗,真的,我不用打扫起居室了?

玛格丽特　太晚了,算了吧,退下吧。

〔朱丽叶特从右边下。

玛　莉　我求您,对他讲得委婉点儿。您得慢慢来,搞不好他会心脏停搏。

玛格丽特　我们已经没有时间再慢慢来了,别再开玩笑,别再享清福,别再过好日子,别再大吃大喝,也别再跳您的脱衣舞了。一切都该结束了。您想把事情拖到最后,显然,现在已经是最后时刻了,我们没有时间再耽误了。我们只剩下一点点时间,要做的却是多少年多少年来就该做的事情。当我不得不单独和他在一起时,我会告诉您的。您还有一个角色要扮演,请您镇静些,我会帮助他的。

玛　莉　这很难,太困难了。

玛格丽特　对我、对您、对他都是困难的。别哭哭啼啼了。我再说一遍,我提醒您,我命令您。

玛　莉　他会拒绝的。

玛格丽特　一开始会的。

玛　莉　我要留住他。

玛格丽特　别让他后退,或者提防您。事情必须进行得合情合理,应当是一次成功、一次胜利。很久以来他就一无所有了。他的宫殿正在倒塌。他的土地正在荒芜。他的山岭正在下沉。大海已冲决堤坝,要荡涤这个国家。他已无法再控制这个国家了。是您让他在您的怀里忘掉了这一切,而您身上的香味让我讨厌。真是低级趣味!总之,这都是他的事。他不去加固土地,而任其成顷成顷地淹没于无底的深渊。

玛　莉　这些您都是亲眼见到的!首先,我们无力与地震抗争。

玛格丽特　这就是您让我恼火的地方!……本来他是可以加固的,在沙地上种植针叶树,在受威胁的地方灌注水泥。可是并没有这么做,现在,王国像一块大奶酪一样满是窟窿。

玛　莉　面对天命,面对自然的侵害,我们一筹莫展。

玛格丽特　我还没谈所有那些灾难性的战争。每天晚上,或是兵营里丰盛的午餐之后,趁他的士兵喝得酩酊大醉沉睡之际,邻国就会推进它们的边界。国土在日益缩小。他的士兵不愿意打仗。

玛　莉　那都是些拒服兵役者。

玛格丽特　在我们这里管他们叫拒服兵役者,而在我们的征服者的军队里,这叫做懦夫、逃兵,是要被枪毙的。您看到结果了:深渊无底,城市夷平,游泳池被烧,小酒馆被挪作他用。年轻人成批地移居国外。在他登基之初,我们有九十亿人口。

玛　莉　人太多了,再也没有地方了。

玛格丽特　现在,就剩下千把老头儿了。还在减少。我跟您说话这会儿,他们还在死去。

玛　莉　还有四十五个年轻人。

玛格丽特　那些人都是人家不想要的,咱们这儿也不想要,可人家用武力把他们押送了回来。特别是,这些人衰老得太快。遣返回来时才二十五岁,过不了两天就八十了。您甭想他们会正常地衰老。

玛　莉　可是国王,他,他还很年轻。

玛格丽特　昨天很年轻,昨晚也年轻,可您一会儿再看……

侍　卫　(通报)权威到。大夫又回来了。权威。权威到。

　　　　〔大夫从台左大门入,门自动开关。他的样子既像星相学家,又像刽子手。他头戴星形尖帽。一身红衣,颈后带一小风帽,手拿一副大眼镜。

大　夫　(对玛格丽特)您好,陛下。(对玛莉)您好,陛下。请陛下原谅,我来晚了一点儿,我是从医院直接赶来的,我本来要在医院里做几个具有重要科学意义的外科手术的。

玛　莉　国王不能做手术吧。

玛格丽特　事实上,他再也做不了了。

大　夫　(先看看玛格丽特,又看看玛莉)我知道。不是给陛下。

玛　莉　大夫,有什么消息吗? 可能会好一点儿吧,是吗? 就不可能有所好转吗?

大　夫　这是一种无法改变的典型情况。

玛　莉　这是真的,没希望了,没希望了。(看着玛格丽特)她不愿意我抱有希望,她禁止我抱有希望。

玛格丽特　很多人都是疯狂地追求伟大。您却疯狂地追求卑微。从来没见过这样的王后! 您让我感到羞耻。哎,她还要哭呢。

大　夫　说真的,要是你们想听的话,还真有点消息。

玛　莉　什么消息?

大　夫　这消息只是进一步证实了先前的征兆。火星和土星相撞了。

玛格丽特　早料到了。

大　夫　两颗行星都爆炸了。

玛格丽特　合情合理。

大　夫　太阳损失了百分之五十到百分之六十五的能量。

12

玛格丽特　这很自然。

大　夫　太阳的北极下雪了。银河像是要往一起聚集。彗星累极了,衰老了,蜷缩着,围着自己的尾巴,像是一条要死的老狗。

玛　莉　这不是真的,您夸张了。是的,是的,您夸张了。

大　夫　您想用眼镜看看吗?

玛格丽特　(对大夫)用不着。我们都相信您。还有什么别的消息?

大　夫　昨天傍晚还在这儿的春天两个半小时前离开了我们。现在已经是十一月。在国境线那边,青草已开始生长。在那边,树木又开始吐绿。所有的母牛每天都会产下两头小牛,一头是早上,一头是在下午五点、五点一刻左右。而在我们这里,叶子干枯了,脱落了。树木在叹息、死亡。土地比过去龟裂得更厉害。

侍　卫　(通报)王国气象局提醒我们注意坏天气。

玛　莉　我听见土地在龟裂,我听见了,是的,真的,我听见了!

玛格丽特　这是裂纹在增宽加长。

大　夫　闪电凝固在天空,乌云落下了蛙群,雷声隆隆。我们什么也听不见,因为这都是无声的。二十五个居民融化了,十二个丢掉了脑袋。被砍头了,这回,用不着我出手。

玛格丽特　这些都是征兆。

大　夫　另外……

玛格丽特　(打断他)不必往下说了,足够了。每到这时候总是会出现这些事儿。我们知道。

侍　卫　(通报)国王陛下!(音乐)注意,陛下!国王万岁!

　　　　〔国王从右后门上。光着脚。朱丽叶特随其后。

玛格丽特　他的拖鞋扔在哪儿了?

朱丽叶特　在这儿,陛下。

13

玛格丽特　（对国王）光着脚走路,什么坏习惯!

玛　莉　（对朱丽叶特）快把拖鞋给他穿上。他要着凉了。

玛格丽特　管他着不着凉呢,这已经无关紧要了。这就是个坏习惯。

　　　　　〔在朱丽叶特给国王穿拖鞋时,玛莉迎上去向国王施礼,宫
廷音乐继续。

大　夫　（谦卑地、虚情假意地行礼）请允许我向尊贵的陛下请安!
请接受我美好的祝福!

玛格丽特　不过是空洞的客套话。

国　王　（先对玛莉,后对玛格丽特）早安,玛莉。早安,玛格丽特。
早就到了?我是说,你已经在这儿了!你好吗?我可不好!我
也闹不清我是怎么啦,四肢有点麻木,起床很费劲,脚也疼!我
想换一双拖鞋。我可能是长个儿了!我睡得很不好,土地在裂
响,边境线在后退,牲畜在乱叫,汽笛在乱鸣,声音太多太杂了。
说起来我真该重整纲纪了。咱们来努力整顿整顿。哎哟,我的
肋骨!（对大夫）早安,大夫!这是不是腰疼?（对其他人)我在
等一个工程师……外国的。我们的工程师已经一文不值了。
他们对这事无所谓。更何况,我们也没有工程师。为什么把综
合工科学校给关闭了?噢,对了,这学校掉进窟窿里了。既然
它们都会掉进窟窿里,干吗还要建造学校呢?我头疼,又多一
毛病。这么多乌云……我早就取缔过乌云。乌云!雨够了。
我说:够了,雨够了!我说:够了。哎,无论怎么说,它又开始下
了。乌云傻瓜。它就没完没了地按时洒下这些雨点儿。简直
可以说是个满身尿骚味儿的老头儿。（对朱丽叶特)你看着我
干吗?你今天满脸通红。我的卧室里结满了蜘蛛网,快去打
扫去。

朱丽叶特　在尊贵的陛下睡着的时候,我都已经弄掉了。不知道它

是从哪儿来的,没完没了地总长出来。

大　夫　（对玛格丽特）您看,陛下,事情越来越得到证明。

国　王　（对玛莉)你怎么了,我的美人儿?

玛　莉　（结结巴巴地）我不知道……什么……我没什么……

国　王　你眼圈红了,你哭过? 为什么?

玛　莉　我的上帝啊!

国　王　（对玛格丽特)我不许有人给她制造麻烦。为什么她说"我
　　　　的上帝啊"?

玛格丽特　这是说惯了的。(对朱丽叶特)去把蜘蛛网再打扫一遍。

国　王　啊,对了! 这些蜘蛛网真讨厌,它让人做噩梦。

玛格丽特　（对朱丽叶特)快一点,别磨磨蹭蹭的。您是不是不会用
　　　　扫帚了?

朱丽叶特　我那把扫帚都用坏了,该有把新的了,真该给我一打
　　　　扫帚。

　　　　〔朱丽叶特下。

国　王　你们大家干吗都这么看着我? 是不是有什么不正常的事?
　　　　既然不正常的事会变得习以为常,也就没有什么是不正常
　　　　的了。

玛　莉　（快步走近国王)我的国王,您喝两口。

国　王　（喝着走了两三步)我喝? 我不喝。我喝一点儿。

玛　莉　您不舒服,我来扶扶您。

国　王　我没不舒服。为什么我会不舒服? 是啊,是有一点儿不舒
　　　　服。这没什么。我不需要人扶。不过,我喜欢你来扶我。

玛格丽特　（向国王走去)陛下,我应当让您知道。

玛　莉　不,住嘴。

玛格丽特　（对玛莉)住嘴。

15

玛　莉　（对国王）她说的不是实情。

国　王　让我知道什么？什么不是实情？玛莉，你的样子为什么这么悲痛？你们出什么事儿了？

玛格丽特　（对国王）陛下，我们应当通知您，您快要死了。

大　夫　是这样，是的，陛下。

国　王　当然，我知道。我们大家都知道。将来时辰快到的时候，你们再提醒我一下。玛格丽特，您就总喜欢一大早和我谈些不愉快的事情。

玛格丽特　现在是中午了。

国　王　现在不是中午。噢，是，是中午。这无所谓。对我来说，现在是早上。我还什么都没吃呢。让人把我的早餐拿来。说真的，我还不太饿。大夫，您得给我点药丸让我开开胃，活动活动肝脏。我舌苔很厚吧，是吗？

　　　　〔他向大夫伸出舌头。

大　夫　是这样，陛下。

国　王　我的肝梗阻了。昨晚我什么都没喝，可是我嘴里味道很坏。

大　夫　陛下，玛格丽特王后说的是真话，您快要死了。

国　王　又来了？您真让我讨厌！我要死了，是的，我要死了。四十年之后，五十年之后，三百年之后。或者再晚一些。当我愿意的时候，当我有这工夫的时候，当我决定去死的时候。在这期间，咱们把王国的事情管一管。（他登上宝座的台阶）哎哟！我的腿，我的腰。这座宫殿暖气太差，窗玻璃也碎了，暴风雨和过堂风都跑进来，我真着凉了。有人把屋顶上被风刮走的瓦片换上了吗？大家都不干活了，我必须自己照料自己。我还有别的事要做呢。我们没人可信任了。（对要搀扶他的玛莉）不，我能行。（他像挂着棍子一样挂着王杖）这根王杖还能派上用场。

（他终于艰难地坐下，不过始终受到玛莉王后的帮助）不，不用，我能行。好啦！哎哟！这宝座变得这么硬。应当让人再填塞点什么。今天早上咱们国家怎么样？

玛格丽特 风烛残年。

国　王 还算是风韵犹存。不论怎么说，是要好好管理管理，这会改变你们的看法。把大臣们都叫来。（朱丽叶特上）去把大臣们找来，他们准是还在睡大觉呢。他们以为没事儿可干了。

朱丽叶特 他们度假去了。走得不远，因为土地在缩小，而且贫瘠不堪。他们到了王国的另一头，也就是说，两三步路的地方，树林角上的小河边。他们在钓鱼，他们希望弄点儿鱼来养活老百姓。

国　王 到树林角上去把他们找来。

朱丽叶特 他们不会来的，他们正在度假。好歹我去看看吧。

〔她从窗口向外看。

国　王 无组织无纪律！

朱丽叶特 他们都掉进小河里了。

玛　莉 想法儿把他们再钓上来。

〔朱丽叶特下。

国　王 要是在国内我能另外找到两个管理专家的话，我就把他们撤了。

玛　莉 我们会找到的。

大　夫 我们再也找不到了，陛下。

玛格丽特 您再也找不到了，贝朗热。

玛　莉 不，可以在学校里的孩子们当中找，他们会长大的。现在得再等一等。那两个家伙一旦被钓上来，他们会好好管理日常事务的。

大　夫　学校里的那几个孩子，都是甲状腺肿大患者、先天性弱智、低能儿，或是脑积水病人。

国　王　这个人种确实不怎么健康。大夫，您要尽力把他们治好，或者改善一点素质，至少让他们学会字母表的前四五个字母。在过去，我们都是把他们杀掉的。

大　夫　陛下再不能干这事儿了！也不会再有这些人了。

国　王　总得干点什么事儿！

玛格丽特　我们一点儿都改善不了他们，我们不能治好任何人，您自己也治不好了。

大　夫　陛下，您也治不好了。

国　王　我没病。

玛　莉　他感觉良好。（对国王）不是吗？

国　王　最多有点腰酸腿疼。这没什么，而且，也好多了。

玛　莉　他说好多了，你们看见了，你们看见了。

国　王　确实好多了。

玛格丽特　你一个半小时以后就要死了，这场戏演完就要死了。

国　王　您说什么，我亲爱的？这并不可笑。

玛格丽特　这场戏演完你就要死了。

玛　莉　我的上帝啊！

大　夫　是的，陛下，您快要死了。您不会吃上明天的早餐了。今天的晚餐也吃不上了。厨师把煤气关了，围裙也还了，桌布和餐具都永远收进了壁橱。

玛　莉　别说得这么快，别说得这么邪乎。

国　王　没有我的同意，谁能下达这样的命令？我身体很好。你们在开玩笑。撒谎。（对玛格丽特）你总想让我死。（对玛莉）她总想让我死。（对玛格丽特）我想死的时候才死，我是国王，这

18

由我自己决定。

大　夫　　陛下,您已经丧失了独自决定的权力了。

玛格丽特　　你甚至不能阻止自己生病。

国　王　　我没病。(对玛莉)你不是说过我没病吗? 我总是那么
　　　　漂亮。

玛格丽特　　那你的疼痛呢?

国　王　　没了。

玛格丽特　　你活动活动再看。

国　王　　(刚坐下,又起立)哎哟!……这是因为我没在脑袋里想到
　　　　我没病。我没时间想这些! 我要想到,我就好了。国王会自己
　　　　痊愈,可是国家事务让我太费心了。

玛格丽特　　你的王国都什么样子了! 你没法再统治它了,你自己完
　　　　全明白,只是你不愿意承认。你不再拥有对你自己的权力了,
　　　　也不再拥有对万物的权力了。你再也挡不住被废黜,你也不再
　　　　拥有对我们的权力了。

玛　莉　　你对我永远拥有权力。

玛格丽特　　对您也没有。

　　　　〔朱丽叶特上。

朱丽叶特　　我们没法儿把大臣们再钓上来。他们掉进去的那条小
　　　　河,携着种着杨柳的堤岸流进了深渊。

国　王　　我明白了。这是个阴谋。你们想让我退位。

玛格丽特　　这样更好,自动退位。

大　夫　　退位,陛下,这样更好。

国　王　　让我退位?

玛格丽特　　是的,精神上退位,行政上退位。

大　夫　　还有身体上。

玛　　莉　别说你同意。别听他们的。

国　　王　他们疯了。或者说,这是些叛徒。

朱丽叶特　陛下,可怜的陛下,陛下,可怜的陛下。

玛　　莉　(对国王)应当让人逮捕他们。

国　　王　(对侍卫)侍卫,逮捕他们。

玛　　莉　侍卫,逮捕他们。(对国王)就得这样。下命令吧。

国　　王　(对侍卫)把他们统统抓起来。关进塔楼里。不,塔楼已经
　　　　　塌了。把他们带走,锁进地窖、地牢或者小黑屋里。逮捕他们
　　　　　所有人。我命令。

玛　　莉　(对侍卫)逮捕他们。

侍　　卫　(一动不动)以尊贵的陛下的名义……我……我……我逮
　　　　　捕你们。

玛　　莉　(对侍卫)动手啊。

朱丽叶特　他站着不动。

国　　王　(对侍卫)干啊,快干啊,侍卫。

玛格丽特　你看,他不能动了。痛风。风湿。

大　　夫　(指着侍卫)陛下,军队瘫痪了。一种未知的病毒侵入了它
　　　　　的大脑,弄坏了它的指挥系统。

玛格丽特　(对国王)陛下,你看清了,是你亲自下达的命令使它瘫
　　　　　痪的。

玛　　莉　(对国王)别信她的。她想给你催眠。这是个意念问题。
　　　　　想方设法加强你的意念。

侍　　卫　我……以国王的名义……我……你们……

　　　　　〔他停止说话,嘴半张着。

国　　王　(对侍卫)什么鬼魂把你抓住了? 说啊,前进啊。你以为你
　　　　　是一尊雕像?

20

玛　莉　（对国王）别向他提问题。甭讨论。下命令吧,把他卷进你的意念。

大　夫　他不会动了,您看,陛下。他不会说话了,他已经完全僵化了。他不再听您的了。这是典型的症状。从医学上看,这很清楚。

国　王　我是不是再也没权了,咱们走着瞧。

玛　莉　（对国王）去证实你还有权。你想你就能。

国　王　我证实我想,我证实我能。

玛　莉　首先,站起来。

国　王　我站起来。

　　　　〔他很费力地想要站起,一脸怪相。

玛　莉　你看,这多简单。

国　王　你们看,这多简单。你们都是小丑,叛徒。（他走。朝着想帮他的玛莉）不,不,我自己来……我能自己来。（跌倒。朱丽叶特急忙上前扶他起来）我自己起。

　　　　〔他果然自己站了起来,但很吃力。

侍　卫　国王万岁!（国王又倒下）国王正在死去。

玛　莉　国王万岁!

　　　　〔国王撑着他的权杖吃力地又站了起来。

侍　卫　国王万岁!（国王又倒下）国王死了。

玛　莉　国王万岁! 国王万岁!

玛格丽特　真是闹剧。

　　　　〔国王吃力地站起。朱丽叶特消失,又出现。

朱丽叶特　国王万岁!

　　　　〔她又消失。国王又倒下。

侍　卫　国王正在死去。

21

玛　莉　不。国王万岁！站起来。国王万岁！

朱丽叶特　（在国王站起时，出现又消失）国王万岁！

侍　卫　国王万岁！

〔这场戏应演得像悲剧性的木偶戏。

玛　莉　你们看，会好起来的。

玛格丽特　这是最好的结局，不是吗，大夫？

大　夫　（对玛格丽特）当然，这只能是最佳结局。

国　王　我打滑了，就这么回事。有时就会这样。有时候。我的王
　　　　冠！（王冠在他跌倒时滚落在地上。玛莉将王冠又戴在国王头
　　　　上）这是个坏兆头。

玛　莉　别信这个。

〔国王的权杖倒了。

国　王　这是个坏兆头。

玛　莉　别信这个。（她递给他权杖）好好拿着。攥紧拳头。

侍　卫　万岁，万岁……（停住）

大　夫　（对国王）陛下。

玛格丽特　（指着玛莉对大夫说）必须让她住嘴，她净胡说八道。不
　　　　经我们同意她不能再说话。

〔玛莉呆立不动。

玛格丽特　（指着国王对大夫说）现在，想法儿让他明白。

大　夫　（对国王）陛下，十二年前，或是三天前，您的帝国是繁荣富
　　　　强的。在这三天里，过去打胜过的仗您给打败了。过去打败过
　　　　的仗您又给打败了。自从谷物腐烂，沙漠侵入咱们的大陆，植
　　　　物都跑到邻国去发芽吐绿了。而上星期四这些邻国还是一片
　　　　沙漠呢。您想要发射的火箭没能发出去。它们或是脱节了，或
　　　　是随着沉闷的巨响倒栽葱了。

22

国　王　技术事故。

大　夫　过去没发生过。

玛格丽特　一事无成了。你应当明白。

大　夫　您的疼痛,腰酸腿痛……

国　王　我从来没疼过。这是头一回。

大　夫　是这样。这就是征兆。这是突然降临的,不是吗?

玛格丽特　你应该料到的。

大　夫　事情突然降临,您不再是您自己的主人了。您看到了这一
　　　　点,陛下,您应当清醒些。好啦,勇敢一点儿。

国　王　我又站起来了。您在撒谎。我又站起来了。

大　夫　您的情况很糟,您不能再作新的努力了。

玛格丽特　当然是这样,这情形不会持续很久了。(对国王)你还能
　　　　做点儿什么吗?你还能令行禁止吗?你还能改变什么吗?你
　　　　只能试试而已。

国　王　因为我没有调动我的一切意念,所以事情搞得一团糟。只
　　　　不过是因为忽略了。所有这一切都会整顿好的。一切都能修
　　　　旧复新。你们看吧,我能做到。侍卫,动动,过来。

玛格丽特　他不能。他只能服从别人的命令。侍卫,向前两步!

　　　　　(侍卫向前两步)侍卫,退后!

　　　　　〔侍卫退后两步。

国　王　让侍卫的脑袋掉下来,让侍卫的脑袋掉下来!(侍卫的头
　　　　向左歪一下,向右歪一下)他的脑袋快掉了,他的脑袋快掉了。

玛格丽特　不,只是摇晃而已。不会像从前那样了。

国　王　让大夫的脑袋掉下来,让它马上掉下来!快啊,快啊!

玛格丽特　大夫的脑袋在肩膀上待得从来没像现在这样安稳过,从
　　　　来没像现在这样结实过。

大　夫　请原谅,陛下,您看,这事我真的很抱歉。

国　王　让玛格丽特的王冠滚落地上,让她的王冠掉下来。

〔反倒是国王的王冠又滚落地上。玛格丽特拾起。〕

玛格丽特　我来给你再戴上,来。

国　王　谢谢。这是什么巫术?你们怎么能逃脱我的权力?别想这种事情会继续下去。我一定能找到造成这种混乱的原因。机器肯定有什么部件生锈了,还有些什么邪乎事儿。

玛格丽特　(对玛莉)现在,你可以说话了,我们同意了。

玛　莉　(对国王)让我做点什么,我会做的。下命令吧,陛下,下命令吧,我服从你。

玛格丽特　(对大夫)她以为她称之为爱情的东西是万能的。迷信感情。事情都变了,不再是感情问题。我们已经超越了感情,已经超越了。

玛　莉　(向右边退去,站到窗前)命令吧,国王。命令吧,我的爱。看看我有多漂亮。我很香。命令我走近您,命令我拥抱您。

国　王　(对玛莉)到我这儿来,拥抱我。(玛莉站着不动)你听见了吗?

玛　莉　是的,我听见了。我正要做。

国　王　到我这儿来。

玛　莉　我很愿意。我要去,我要去。我的胳膊又垂下来了。

国　王　好了,跳舞吧。(玛莉不动)跳舞啊。跳吧,至少转两圈,到窗边去,打开窗户,再关上。

玛　莉　我做不了。

国　王　你肯定是脖子疼吧,准是脖子疼。走到我这儿来。

玛　莉　是,陛下。

国　王　笑着向我走来。

24

玛　莉　是,陛下。

国　王　快来啊!

玛　莉　我不知道怎么迈步走了。我一下子给忘了。

玛格丽特　(对玛莉)朝他走几步。

〔玛莉朝国王方向走了几步。

国　王　你们看,她朝前走了。

玛格丽特　她是听我的。(对玛莉)停。站住。

玛　莉　请原谅,陛下,这可不是我的错。

玛格丽特　(对国王)你还要别的证明吗?

国　王　我命令树木从地板上长出来。(顿)我命令房顶消失。
(顿)怎么! 一点儿动静都没有? 我命令下雨。(顿。什么动静
都没有)我命令雷电交加,我要把它抓在手里。(顿)我命令树
叶再长出来。(他走向窗口)怎么! 还没动静? 我命令朱丽叶
特从大门进来。(朱丽叶特从右后门上)不是从这扇门,是从那
扇门。从这扇门出去。(他指着大门。她从右边正对着的小门
出。对朱丽叶特)我命令你站住。(朱丽叶特出)我命令奏响军
乐,我命令钟声齐鸣,我命令礼炮轰鸣一百二十一响以示对我的
敬意。(侧耳倾听)没有! ……啊,有了! 我听到点什么。

大　夫　那只是您的耳鸣,陛下。

玛格丽特　(对国王)别再试了。你把自己弄得很可笑。

玛　莉　(对国王)你太累了,我的小国王。别失望。你满身大汗。
休息一下。咱们过会儿再开始。一小时以后咱们会成功的。

玛格丽特　(对国王)一小时二十五分以后你就要死了。

大　夫　是的,阁下,一小时二十四分五十秒之后。

国　王　(对玛莉)玛莉!

玛格丽特　一小时二十四分四十一秒之后。(对国王)你准备吧。

25

玛　莉　别让步。

玛格丽特　（对玛莉）别再宽慰他了。别再向他伸出你的手了。他已经在向下滑,你别想再拉住他。计划正在一步一步实施。

侍　卫　（通报）典礼开始!

　　　　〔大调动。典礼准备就绪。国王在宝座上,玛莉立于一旁。

国　王　让时间依序倒转。

玛　莉　让我们回到二十年前。

国　王　让我们回到一个星期前。

玛　莉　让我们回到昨晚。时间倒转。时间倒转;时间,站住。

玛格丽特　没有时间了。时间熔化在他手里了。

大　夫　（用眼镜向高处看过后,对玛格丽特)用这副能透过墙壁和屋顶的眼镜来看,在天空中国王星座的位置上看到的是空无。在宇宙的登记簿上,尊贵的陛下在故去者一栏里。

侍　卫　国王死了,国王万岁!

玛格丽特　（对侍卫)笨蛋,你最好闭嘴。

大　夫　事实上,他死气比活气多。

国　王　不,我不想死。我求你们,别让我死。行行好,别让我死。我不愿意。

玛　莉　怎样才能给他以抗争的力量? 我自己也很虚弱了。他不再相信我了,他更相信他们。（对国王)总得抱有希望,要有希望。

玛格丽特　（对玛莉)别搅扰他。你只会给他找麻烦。

国　王　我不愿意,我不愿意。

大　夫　危机早就料到了,这是完全正常的。第一次防卫已经被突破了。

玛　莉　（对玛格丽特)危机终将过去。

26

侍　卫　　（通报）国王即将往生！

大　夫　　我们会沉痛悼念尊贵的陛下！大家会说的,这是定了的。

国　王　　我不想死。

玛　莉　　啊呀！他的头发一下子全白了。（国王的头发真的全白
　　　　　了）皱纹堆满了他的额头,他的脸。他突然衰老了十四个世纪。

大　夫　　老得真快。

国　王　　国王都应当是不死的。

玛格丽特　他们是暂时的不死。

国　王　　人们答应过我,只有在我自己决定要死的时候才会死。

玛格丽特　这是因为他们以为你会决定得更早。你迷上了权力,必
　　　　　得你自己下定决心。你陷进了活人的烂泥塘。现在,你要上
　　　　　冻了。

国　王　　他们骗了我。他们本来是应该预先通知我的,他们骗了我。

玛格丽特　他们早就通知你了。

国　王　　你通知我太早了。你告诉我太晚了。我不想死……我不
　　　　　愿意。让他们救救我,既然我已经不能自己管这事儿了。

玛格丽特　要是你觉得意外,那是你的错,你早该有所准备。你压
　　　　　根儿就没有花时间想过。你是受谴责的,从第一天起,以后的
　　　　　每一天,每天五分钟,你应当去想这事儿。每天五分钟,这不算
　　　　　多。再往后,十分钟、一刻钟、半小时。这样可以进行适应性
　　　　　训练。

国　王　　我想到过。

玛格丽特　从来没认真想过,没深入想过,没全身心地想过。

玛　莉　　他活着。

玛格丽特　活得太多了。（对国王）在一切思想的深处,你就应当把
　　　　　这事儿当成天天要想的事儿。

27

大　夫　他就从来没有预见过,他像普通人一样得过且过。

玛格丽特　你许诺过期限的。在二十岁的时候,你说要到四十岁时开始训练,到四十岁时……

国　王　我一直这么健康,这么年轻!

玛格丽特　到四十岁时,你又想等到五十岁。到五十岁时……

国　王　我活力充沛,我多么活力充沛!

玛格丽特　到五十岁时,你又想等到六十岁。你已经六十岁,九十岁,一百二十五岁,二百岁,四百岁。你的延期打算不再是十年,而是五十年。然后,你又要求按世纪来拖延。

国　王　我是真的想过要开始的。啊! 要是我能再有一个世纪,也许我就有时间了!

大　夫　您只剩下一个小时多一点了,陛下。必须在一小时内把一切都做完。

玛　莉　他没时间了,这不可能。必须给他时间。

玛格丽特　这是不可能的。但在这一小时之内,时间都属于他。

大　夫　充实的一个小时,比起被遗忘和被忽视的无数个世纪更有价值。五分钟足够了,自觉的两秒钟也行。我们给他一个小时:六十分钟,三千六百秒。他够幸运的了。

玛格丽特　他在街上闲逛。

玛　莉　我们执政过,他工作过。

侍　卫　赫拉克勒斯的丰功伟绩。

玛格丽特　修修补补的零活儿。

　　　　〔朱丽叶特上。

朱丽叶特　可怜的陛下,可怜的陛下,他逃过学。

国　王　我像一个没做作业就参加考试的学生。没有准备过功课……

玛格丽特 （对国王）不必感到不安。

国　王 ……像一个到首演当晚还不了解他所扮演的角色的演员，到处都是漏洞，漏洞，漏洞。像一个让人推上讲台的演说家：他不知道自己演讲的第一个词儿，甚至不知道他在对谁演讲。我不了解民众，我不想了解他们，我没什么要对他们说的。我是在一种什么处境之中啊！

侍　卫 （通报）国王在影射他的处境。

玛格丽特 无知至极。

朱丽叶特 几个世纪以来他都想要逃学。

国　王 我情愿留级。

玛格丽特 你会通过考试的。没有留级。

大　夫 您什么也不能做了，陛下。我们也做不了什么。我们只不过是创造不了奇迹的医学的代表。

国　王 人民都知道吗？你们通知他们了吗？我想让大家都知道国王要死了。（他快步走向窗口，由于喝多了，他费很大劲才打开窗户）正直的人们，我要死了。听我说，你们的国王要死了。

玛格丽特 （对大夫）不能让大家听见。别让他瞎喊。

国　王 别碰国王。我要让所有人都知道我快死了。

　　　　〔他大喊。

大　夫 这是出丑剧。

国　王 人民，我必须死了。

玛格丽特 这不再是国王了，这是一头正在挨宰的公猪。

玛　莉 这才是国王，这才是男子汉。

大　夫 陛下，您想想路易十四之死，腓力二世之死，想想已经在棺材里睡了二十年的查理五世之死。尊贵的陛下的义务就是体面地死去。

国　王　体面地死去?(对窗外)救命啊!你们的国王快死了。

玛　莉　可怜的国王,我可怜的国王。

朱丽叶特　大喊大叫一点儿用也没有。

　　　〔可以听到远方微弱的回声:国王快死了!

国　王　你们听见了吗?

玛　莉　我听见了,我听见了。

国　王　他们在回答我,他们可能会来救我。

朱丽叶特　一个人也没有。

　　　〔可以听见回声:救命啊!

大　夫　这只是迟到的回声,别的什么也没有。

玛格丽特　在这个一切都如此糟糕的王国里,迟到是习以为常的。

国　王　(离开窗口)这不可能。(又回到窗前)我害怕。这不可能。

玛格丽特　他以为他是第一个要死的人。

玛　莉　所有的人都是第一个要死的人。

玛格丽特　这很痛苦。

朱丽叶特　他在像普通人一样哭泣。

玛格丽特　他的恐惧只能使他变得平庸。我倒是希望他能讲出些漂亮的警句来。(对大夫)我委托您写年谱。我们可以给他从别人那里借些警句来。我们也可以根据需要为他创造一些。

大　夫　我们可以为他借一些意义深远的语录。(对玛格丽特)我们要写好他的传奇。(对国王)我们会写好您的传奇的,陛下!

国　王　(对窗外)人民,救命啊……人民,救命啊!

玛格丽特　你该结束了吧,陛下?你白白耗费你的精力。

国　王　(对窗外)谁愿意把他的生命给我?谁愿意把他的生命送给国王、送给好国王、送给可怜的国王?

玛格丽特　荒唐!

玛　莉　让他试试他所有的运气,即使是最不可能的运气。

朱丽叶特　反正这个国家已经没有人了。

〔她下去了。

玛格丽特　有间谍。

大　夫　在边境上有敌人的耳目在窥探。

玛格丽特　他的恐惧使我们大家都蒙受了耻辱。

大　夫　回声没有了,他的声音不行了。他白喊了,他的声音停住
了,连花园围墙都传不到了。

玛格丽特　(国王在呻吟)他在嚎叫。

大　夫　只有我们能听到他的声音。他自己都听不到了。

〔国王转过身,向台中央走了几步。

国　王　我冷,我害怕,我哭泣。

玛　莉　他四肢麻木了。

大　夫　他因风湿行动困难。(对玛格丽特)要不要给他打一针镇
静一下?

〔朱丽叶特推轮椅上,椅背上印有王冠和王家徽记。

国　王　我不要打针。

玛　莉　不打针。

国　王　我知道这是什么意思。我没让这么干。(对朱丽叶特)我
没让您推来这把轮椅。我想散步,我想呼吸新鲜空气。

〔朱丽叶特将轮椅推到舞台右角,下。

玛格丽特　你坐到轮椅上去。你快摔倒了。

〔国王确实在摇晃。

国　王　我不要。我想站着。

〔朱丽叶特又上,带一条毯子。

朱丽叶特　陛下,您在膝盖上盖一条毯子,再加个热水袋,您会好一

点,会舒服一点。

〔朱丽叶特下。

国　王　不,我想站着。我要喊叫,我要喊叫。(他喊叫)

侍　卫　(通报)尊贵的陛下在喊叫!

大　夫　(对玛格丽特)他不会喊得太久的。我了解这过程。他快累了,他快停了,他会听我们的。

〔朱丽叶特上,又带来一件厚衣服和一个热水袋。

国　王　(对朱丽叶特)我不要您。

玛格丽特　快坐下,坐下。

国　王　我不服从。(他想登上宝座的台阶,未成。欲坐下,也未成,摔倒在左边的王后宝座上)我是不小心摔倒的。

〔朱丽叶特跟在国王后面,拿着上面提到的那些东西。她把这些东西放到轮椅上。

玛格丽特　(对朱丽叶特)拿起他的权杖,这权杖太沉了。

国　王　(朱丽叶特转回来向他走去,手里拿着一顶小睡帽。对朱丽叶特)我不要这顶小睡帽。(没给他戴上)

朱丽叶特　这是不那么重的王冠。

国　王　把权杖给我。

玛格丽特　你没劲儿再拿它了。

大　夫　您没必要再靠它了。我们可以背您抱您,可以用轮椅推您。

国　王　我要留着它。

玛　莉　(对朱丽叶特)既然他想要,就把权杖给他吧。

〔朱丽叶特疑惑地看着玛格丽特王后。

玛格丽特　反正,我倒没看出有什么不行的。

〔朱丽叶特把权杖还给国王。

国　王　这可能不是真的。告诉我这不是真的。这是个噩梦。(其

32

他人沉默)可能会有十分之一的运气,千分之一的运气。(其他
人沉默,国王呜咽)在摇彩赌博上我常常是赢家。

大　夫　陛下!

国　王　我不能再听您的了,我太害怕了。

　　　　〔他呜咽,呻吟。

玛格丽特　你应该听,陛下。

国　王　我不想听您的话。这些话让我害怕。我不想再听到有人
　　　　说话。(对正想走近他的玛莉)别过来,你也别过来。你的同情
　　　　让我害怕。

　　　　〔国王重又呻吟。

玛　莉　他像个孩子。他又变成小孩儿了。

玛格丽特　带胡子的、有皱纹的、丑陋的小孩儿。您可真够宽容的!

朱丽叶特　(对玛格丽特)您没处在她的位置上。

国　王　对我说吧,没关系,说吧。围着我,困住我。来人搀着我。
　　　　不,我想逃跑。

　　　　〔他艰难地站起,向右边那张小宝座走去。

朱丽叶特　他的腿驮不动他了。

国　王　我的胳膊也很难动。这就开始了?不,如若不是永存,我
　　　　何必要出生?该诅咒的父母。多滑稽的念头,多美妙的玩笑!
　　　　五分钟前我来到这世上,三分钟前我结的婚。

玛格丽特　已经有二百八十三年了。

国　王　两分半前我登上这宝座。

玛格丽特　已经有二百七十七年零三个月了。

国　王　连哼一声都没来得及!我没有时间认识生命。

玛格丽特　(对大夫)为此他从来没使过劲儿。

玛　莉　这只是在铺满鲜花的小路上的一次短暂的散步,一个没有

兑现的允诺,一抹欲开又合的微笑。

玛格丽特 （对大夫,继续)倒是有过一些最伟大的智者对他解释
过。神学家、有经验的人物,还有那些他从未读过的书。

国　王 我没有时间。

玛格丽特 （对国王)你说过你有的是时间。

国　王 我没有时间。我没有时间。我没有时间。

朱丽叶特 他又开始了。

玛格丽特 （对大夫)总是这一套。

大　夫 还是好多了。他呻吟,他哭泣,但他总算开始认真思考了。
他抱怨,他陈情,他反对,这就是说他开始顺从了。

国　王 我永不顺从。

大　夫 既然他说他不愿意,这就是他将要顺从的信号。他对顺从
提出了疑问。他意识到这个问题了。

玛格丽特 总算是这样!

大　夫 陛下,您发动过一百八十次战争。您作为军队的统帅,参
加了两千场战役。起初,您骑着白马,戴着红羽翎,白马那么显
眼,可您毫无惧色。后来,您使军队现代化了,您还是一马当
先,站在坦克或是战斗机的机翼上。

玛　莉 这是个英雄。

大　夫 您上千次与死亡擦肩而过。

国　王 我只是与死亡擦肩而过。死亡并不是为我而来,我感觉
到了。

玛　莉 你是个英雄,听见了吗?好好回忆回忆吧。

玛格丽特 你用现在在这儿的这位大夫和刽子手杀害了……

国　王 处决,不是杀害。

大　夫 （对玛格丽特)处决,陛下,不是杀害。我服从命令,我只是

34

件工具,与其说我是个行刑者,不如说是个执行者,我让他们无痛苦地死去。当然,我很内疚。请原谅。

玛格丽特 (对国王)我要说:你让人杀死了我的父母,杀死了和你争王位的兄弟,杀死了我们的表兄、表兄的孙子、他们全家、他们的朋友、他们的牲口,你还让人淹没了他们的土地。

大　夫 尊贵的陛下当时说,他们总有一天要死的。

国　王 这是为了国家的利益。

玛格丽特 你死也是为了国家的利益。

国　王 但是,朕即国家。

朱丽叶特 可怜虫!什么样的处境啊!

玛　莉 他曾是法,超乎法律之上。

国　王 我不再是法了。

大　夫 他接受了。情况越来越好了。

玛格丽特 这样事情就好办了。

国　王 (呻吟)我不再超乎法律之上了,我不再超乎法律之上了。

侍　卫 (通报)国王不再超乎法律之上了。

朱丽叶特 他不再超乎法律之上了,可怜的老头儿。他跟我们一样了。人家会说这是我爷爷。

玛　莉 可怜的小家伙,我可怜的孩子。

国　王 孩子!孩子!好极了,我重新开始!我愿意重新开始!(对玛莉)我想成为一个婴儿,你就是我的母亲。这样他们就不会来找我了。我不会读,不会写,不会算。让他们带我到学校去和小同学们在一起。二加二等于几?

朱丽叶特 二加二等于四。

玛格丽特 (对国王)你知道的。

国　王 是她提醒的……好吧,大家不能弄虚作假。好啊,好啊,那么多人在此刻降生了,世界上有无数的新生儿。

玛格丽特 咱们国家可没有。

大　夫 出生率已降到零。

朱丽叶特 寸草不生。

玛格丽特 (对国王)绝对的贫瘠,因为你。

玛　莉 我不希望大家对他横加指责。

朱丽叶特 也许还会长出来的。

玛格丽特 只要他接受这个事实——没有他了。

国　王 没有我,没有我。他们会大笑,他们会狂吃,他们会在我的坟上跳舞。我就永远不存在了。啊,让他们想念我。让他们哭泣,让他们绝望。让他们在所有的历史教科书里永远纪念我。让所有的人都牢记我的一生。让所有的人使我的生命重新活跃起来。让小学生和大学者除了我、我的王国和我的功绩之外,再没别的题目可学习研究。让他们烧掉所有其他的书,让他们摧毁所有的雕像,让他们把我的雕像竖立在所有的公共广场上。我的形象要进入政府各部、所有的区长办公室、财税监察的家和所有的医院。让他们用我的名字来命名所有的飞机、所有的军舰、所有的手推车和机动车。让所有其他的国王、士兵、诗人、男高音、哲学家统统被遗忘,唯独我留在所有有良心的人的心中。世界上只有一个教名、一个家族的名字。让他们学着一个字一个字地念我的名字:贝——贝,贝朗热。让我成为东正教的圣像,把我挂到所有教堂里的成千上万个十字架上去。让人们为我做弥撒,让我成为圣体。让所有闪光的窗户都具有我眼睛的形状和色彩,让河流在平原上画出我面孔的侧影! 让人们永远呼唤我,恳求我,哀求我。

玛　莉 也许你又回来了?

国　王　也许我又回来了。让他们在宫廷里王位上守护我完好的身躯,让他们给我带来食物。让音乐家为我演奏,让处女们蜷缩在我冻僵的脚边。

　　　〔国王站起来说这大段独白。

朱丽叶特　（对玛格丽特）夫人,这是在胡说八道。

侍　卫　（通报）尊贵的陛下,国王在胡说八道。

玛格丽特　还不是。他是太明白了。既太明白了,又不够明白。

大　夫　（对国王）要是这是您的意愿的话,我们会给您的躯体用香料防腐,并好好保存它。

朱丽叶特　尽我们所能。

国　王　太可怕了! 我不要你们给我防腐。我不要这具尸体。我不要你们把我烧了! 我不要你们把我埋了,我也不要你们把我扔给秃鹫或野兽。我要人们用热的胳膊、凉的胳膊、柔软的胳膊、坚强的胳膊护卫我。

朱丽叶特　他不大清楚他要的是什么。

玛格丽特　我们会为他决定的。（对玛莉）您别晕倒了。（朱丽叶特哭）这位也一样。总是那么回事。

国　王　如果他们想着我,会持续多少时间? 让他们想着我,直到时间终结。而在时间终结之后,在两千年之后,在两千五百五十亿年之后……任何人都没有了。他们此前就忘记了。自私自利,大家都是,大家都是。他们只想着自己的生命,想着自己的那张皮,而不想我的。如果整个地球耗完了、融化了,这事儿会发生的;如果天地万物都爆炸了,它们会爆炸的,那么这在明天或在无数个世纪之后,都是一样的。该结束的都已经结束了。

玛格丽特　一切都是昨天。

朱丽叶特　就连今天也是昨天。

大　夫　一切都是过去。

玛　莉　我亲爱的,我的国王,没有过去,没有未来。你知道,有的是一直到尽头的现在,一切都是现在,待在现在。待在现在。

国　王　哎!我的现在只存在于过去之中。

玛　莉　不。

玛格丽特　(对国王)是这样,贝朗热,清醒一点。

玛　莉　是的,清醒一点,我的国王,我亲爱的。别再苦恼了。存在,这是一个词儿,死亡也是个词儿,都是人自己造出来的一些模式、想法。你明白这一点,就什么也不能把你打垮。把握住自己,坚持住,别再忽视,别的事情都别想。你存在,现在,你存在。别再成为一个没完没了的问号:这是什么,这是……无法回答本身就是答案。它就是你的存在,发光的存在、扩散的存在。陷入无限的惊讶和麻木,你就能无限地存在,你就能没完没了地存在。你要惊讶,你要迷惑,一切都是奇异的,都是难以界定的。掀开牢房的盖板,打破牢房的墙壁,逃离那些定义。你就能呼吸了。

大　夫　他窒息了。

玛格丽特　恐惧遮挡了他的视野。

玛　莉　你就让欢乐和光明把你淹没吧,你要惊讶,你要迷惑。迷惑会像海浪、像闪光的河流一样深入全身心。只要你愿意。

朱丽叶特　他很愿意。

玛　莉　(双手合十,以哀求的语调)我求你,好好回忆一下那个在海边六月的早晨,那时候我们在一起,欢乐照亮了你,深入了你。你有过这种欢乐,你说过欢乐就在那儿,经久不衰的、丰富多彩的、无穷无尽的欢乐。你说过,你现在就照样说。这光芒四射的晨曦就在你身上。它存在过,它会永远存在。再把它找回来。在你自己身上去寻找。

国　王　我不明白。

玛　莉　你不再明白你自己。

玛格丽特　他从来就没明白过自己。

玛　莉　重新把握住自己。

国　王　怎么把握?他们不能或者说不想帮助我。我自己,我不能自助。哦,太阳,帮帮我,太阳,驱走黑暗,挡住夜晚。太阳,太阳照亮所有的坟墓,进入所有阴暗的角落、洞穴和隐蔽的死角,深入我身上。啊!我的脚开始发凉了,快来温暖我,请你进入我的身体钻到我皮肤下面,深入我的眼睛。重新点燃它们快要熄灭的光亮,让我看到,让我看到,让我看到。太阳,太阳,你会悼念我吗?小太阳,好太阳,快保护我。如果需要小小的牺牲,那就使全世界干涸,杀死全世界。既然我在没有边界的沙漠上独自永远地活着,那就让所有的人都死去吧。我会在孤独中管理自己的。我会保留对其他人的记忆,我会真诚地悼念他们。我能在空无的巨大透明体中生活。悼念别人总比被人悼念要好得多。而且,他们又都不在了。白昼的光芒啊,救命!

大　夫　(对玛莉)这并不是您对他所说的光亮。这并不是您交付给他的时间里的那片沙漠。他并没有理解您,他不再能理解了,可怜的大脑。

玛格丽特　无益的干预。这不是一条好出路。

国　王　让我几个世纪、几个世纪地活下去,哪怕一直牙疼难忍呢。哎,该结束的已经结束了。

大　夫　好了,陛下,您还等什么呢?

玛格丽特　只剩下他的长篇独白还没结束。(指玛莉王后和朱丽叶特)这两个女人还在哭。她们进一步把他推入了困境,这就把他粘住了、拴住了、限制住了。

国　王　不,人们在我周围哭得不够,人们为我痛苦得不够,人们焦虑得不够。(对玛格丽特)你们别阻止她们哭,别阻止她们嚎,别阻止她们同情国王,年轻的国王、可怜的小国王、老国王。而我,每当我想到她们要悼念我,她们再也看不见我,她们将受到遗弃,她们将感到孤独,我就悲从中来。还是我总想着别人,想着大家。你们这些人,进到我内里来,进入我的皮肤,变成我吧。我正在死去,你们听着,我要说我正在死,我说不出口,我只是在摆弄文学。

玛格丽特　又来了!

大　夫　他的话不值得记录。没什么新东西。

国　王　他们都成了外人。我还以为他们是我的家人呢。我害怕,我在陷落,我在被淹没,我什么都不知道了,我不在了,我正在死去。

玛格丽特　这就是文学。

大　夫　人们玩文学会玩到最后一刻。只要活着,一切就都是文学的材料。

玛　莉　这能使他得到宽慰。

侍　卫　(通报)文学能给国王一点宽慰。

国　王　不,不。我知道,什么也不能宽慰我。文学使我充实,文学使我空虚。啊,啦,啦,啦,啦,啦,啦,啦。(哀叹。之后,不用夸张的朗诵腔,而是轻声呻吟)你们所有人,在我之前死去的数不清的人,请你们帮帮我。告诉我,你们是怎么迎接死亡,怎么接受这一事实的。教教我。你们的榜样会安慰我,我依靠你们就像依靠拐杖,依靠友好的臂膀。帮助我穿越那扇你们已经越过的大门。回到这边来,救救我。帮帮我吧,你们曾经害怕过,也曾经不想死。这一切是怎么度过的呢?谁支持过你们?谁训练过你们,谁把你们推过去的?你们到最后都一直在害怕吗?你们曾是那么强壮、那么勇敢,你们又都那么淡漠、那么坦然地同意去死,教教我,怎样才能学会这淡漠,这坦然,这顺从。

〔上面的独白应该具有仪式感:歌唱般的庄重语调,下跪、伸臂等喜剧演员的各种动作。

朱丽叶特 你们——雕像,你们——光明的或黑暗的,你们——前辈,你们——阴影,你们——回忆……

玛 莉 教会他坦然处之。

侍 卫 教会他淡漠处之。

大 夫 教会他顺而从之。

玛格丽特 让他放明白点儿,让他冷静点儿。

国 王 你们,自杀的人,教会我怎么样才能取得对人生的恶感?教会我厌倦。为此需服用什么毒药?

大 夫 我可以开安乐丸、安定药。

玛格丽特 他会吐出来。

朱丽叶特 你们——回忆……

侍 卫 你们——古老的面孔……

朱丽叶特 ……只存在于记忆中……

侍 卫 回忆的回忆的回忆……

玛格丽特 他应当学习的是让步,然后就断然地自我抛弃。

侍 卫 ……我们恳求您。

玛 莉 你们——薄雾,你们——露水……

朱丽叶特 你们——轻烟,你们——浓云……

玛 莉 你们——圣者,你们——智者,你们——狂人,我不能帮助他了,请你们帮帮他。

朱丽叶特 帮帮他。

国　王 你们——在欢乐中死去的人们,面对过死亡的人们,曾经
参与了你们自己的终结的人们……

朱丽叶特 帮帮国王。

玛　莉 你们大家都帮帮他,帮帮他,我恳求你们。

国　王 你们——幸福的死者,你们在身旁看到了一张什么样的面
孔?什么样的微笑使你们感到轻松并使你们也微笑?照亮你
们的最后一道光线是什么样的?

朱丽叶特 帮帮他,你们——十亿已故者。

侍　卫 哦,伟大的虚无,帮帮国王。

国　王 成亿成亿的死者。他们增加了我的焦虑。我就是他们的
末日。我的死亡是不可胜数的。多少事物将随我而熄灭。

玛格丽特 生命就是一次流放。

国　王 我知道,我知道。

大　夫 总之,陛下,您将回到您的祖国去。

玛　莉 你将去到你出生前所在的地方。不用这么害怕。你应当
认识这个地方,当然是以一种模糊的方式。

国　王 我喜欢流放。我曾移居国外。我不愿意回去。这个世界
过去是什么样的?

玛格丽特 你好好回忆回忆,再努把力。

国　王 我什么也看不见,什么也看不见。

玛格丽特 回忆一下,好好回忆一下,想想,好好想想,思考思考。
想啊,想啊,你从来不想。

大　夫 他永远不能再想了。

玛　莉 另外的世界,迷失的世界,被遗忘的世界,被吞没的世界,

重新浮出水面。

朱丽叶特 另外的平原,另外的高山,另外的峡谷……

玛　莉 让他想起您的名字。

国　王 对这个祖国我什么也想不起。

朱丽叶特 他想不起他的祖国了。

大　夫 他太虚弱了,他的状态很不好。

国　王 没有思乡病,哪怕是微弱的、短暂的思乡病。

玛格丽特 深入你的回忆,投入回忆的空缺,超越回忆。(对大夫)
他只为这个世界懊悔。

玛　莉 超越回忆的回忆,给他显显灵,帮帮他。

大　夫 要让他深入进去,你们看吧,这又是个故事。

玛格丽特 必须得这样。

侍　卫 尊贵的陛下从来就不是深海观察潜水器。

朱丽叶特 遗憾。他没受过训练。

玛格丽特 必须得让他学会这个行当。

国　王 当受到死亡威胁的时候,小蚂蚁都会挣扎,它被遗弃了,突
然和它的群体分离。对它也一样,整个宇宙都熄灭了。既然人
们不愿意死,死就是不自然的。我愿意存在着。

朱丽叶特 他总愿意存在着,他只知道这个。

玛　莉 他总是存在着。

玛格丽特 必须让他别再看周围,让他别再纠缠于其他形象,必须
让他回到自己身上,自我封闭。(对国王)别再说了,闭嘴,留在
你自己内里吧。别再东张西望了,这对你有好处。

国　王 我不要这好处。

大　夫 (对玛格丽特)眼下还没到时候。现在还不行。尊贵的陛
下应当促进他,当然,不能太使劲儿。

43

玛格丽特　这不大容易,但我们有耐心。

大　夫　我们相信会有结果的。

国　王　大夫,大夫,末日开始了吗?不,您骗人……还没有……还
　　没呢。(宽心地舒一口气)这还没开始。我在,我在这儿。我看
　　得见,这些墙,这些家具,空气,我看着目光,声音又回来了,我
　　活着,我意识到,我看见,我听见,我看见,我听见。军乐!

　　〔微弱的军乐起。他行进。

侍　卫　国王在行进,国王万岁!

　　〔国王跌倒。

朱丽叶特　他倒下了。

侍　卫　国王倒下了,国王正在死去。

　　〔国王又站起。

玛　莉　他又起来了。

侍　卫　国王又起来了,国王万岁!

玛　莉　他又起来了。

侍　卫　国王万岁!(国王倒下)国王死了。

玛　莉　他又起来了。(他终于又站起)他还活着。

侍　卫　国王万岁!

　　〔国王走向宝座。

朱丽叶特　他想坐到他的宝座上去。

玛　莉　他统治着!他统治着!

大　夫　现在,这是狂想。

玛　莉　(对国王,他正试图摇摇晃晃地爬上宝座的台阶)别松劲
　　儿,抓住。(对欲上前帮助国王的朱丽叶特)让他自己来,他自
　　己能行。

　　〔他未能爬上宝座的台阶。

国　王　可是,我有腿。

玛　莉　前进。

玛格丽特　我们还剩三十二分三十秒。

国　王　我又起来了。

大　夫　这是倒数第二次爆发。

　　　　〔大夫与玛格丽特说话。

　　　　国王倒在朱丽叶特刚刚推上来的轮椅上。大家给他盖好毯子,放上个热水袋,他一直在说:

国　王　我又起来了。

　　　　〔热水袋、毯子等被朱丽叶特拿来的东西一件件出现在下面的场景中。

玛　莉　你喘不过气来了,你累了,歇一会儿,你还会站起来的。

玛格丽特　(对玛莉)别瞎说了。这帮不了他。

国　王　(在轮椅上)我喜欢莫扎特的音乐。

玛格丽特　你会忘记的。

国　王　(对朱丽叶特)你补好我那条长裤了吗?你觉得这很难吧?我那件红袍上有个窟窿。你补上了吗?我睡衣上掉了几个扣子,你钉上了吗?你让人把我的鞋都收拾到一块儿了吗?

朱丽叶特　我没再想这些事儿。

国　王　你没再想这些事儿! 你想什么呢?告诉我,你丈夫干什么呢?

　　　　〔朱丽叶特穿戴好或正穿戴上她的护士帽和白围裙。

朱丽叶特　我是寡妇。

国　王　你打扫的时候在想什么呢?

朱丽叶特　什么也不想,陛下。

　　　　〔在下面这场戏里,国王的所有台词都要说得有点愚钝、麻

45

木,更确切地说有点苍凉。

国　王　你从哪里来?你是哪个家族的?

玛格丽特　(对国王)你从来没对这些感过兴趣。

玛　莉　他过去没时间问她这些。

玛格丽特　(对国王)你不是真的对这些感兴趣。

大　夫　他想争取时间。

国　王　(对朱丽叶特)告诉我你的一生。你生活得怎么样?

朱丽叶特　我生活得很糟,陛下。

国　王　大家不能生活得很糟。这是一个矛盾。

朱丽叶特　生命并不美好。

国　王　矛盾就是生命。

　　　　　　〔这不是真正的对话,国王更多是在自言自语。

朱丽叶特　冬天,我起床时天还很黑,我冻坏了。

国　王　我也是。这不是同样的寒冷。你不喜欢挨冻?

朱丽叶特　夏天,我起床时天刚亮。光线微弱。

国　王　(欣喜地)光线微弱!各种各样的光:蓝色的,粉红色的,白
色的,绿色的,灰白的!

朱丽叶特　我在洗衣池里洗全家的衣服。我的手很疼,皮肤都裂了。

国　王　(欣喜地)很疼。我感到了她的皮肤。人家还没给你买洗
衣机?玛格丽特,在宫廷里竟没洗衣机!

玛格丽特　他们大概是拿去抵押国债了。

朱丽叶特　我倒尿壶,我整理床铺。

国　王　她整理床铺!我们在床上躺着,在床上睡着,在床上醒来。
你是不是发现了每天你都要醒来?每天都醒来……我们每天
早晨都来到这个世界上。

朱丽叶特　我擦地板。我扫啊,扫啊,扫啊。没完没了。

国　王　（欣喜地）没完没了！

朱丽叶特　我背疼。

国　王　真的,她有背。我们都有背。

朱丽叶特　我腰疼。

国　王　也有腰！

朱丽叶特　自从没有园丁以后,我挖坑、翻土、播种。

国　王　然后就都长出来了！

朱丽叶特　我累得不能再累了。

国　王　你早该对我们说。

朱丽叶特　我早就对您说过了。

国　王　真是这样。我遗漏了那么多事情。我都不知道。我没能
　　　　无处不在。我的生命本来可以很充实。

朱丽叶特　我的住房没有窗户。

国　王　（同样欣喜地）没有窗户！我们出去。我们寻找光亮。我
　　　　们找到了光亮。我们对它微笑。为了出去,你在锁上转动钥
　　　　匙,你打开房门,你重新转动钥匙,你又关上门。你住在哪儿?

朱丽叶特　在谷仓。

国　王　为了下去,你走楼梯,你下一个台阶,又一个台阶,又一个
　　　　台阶,又一个台阶,又一个台阶,又一个台阶。为了穿衣,你穿
　　　　上袜子、皮鞋。

朱丽叶特　破旧皮鞋！

国　王　裙子。这太棒了！……

朱丽叶特　一条值四个苏的难看的裙子。

国　王　你不知道你在说什么。一条难看的裙子有多好啊！

朱丽叶特　我嘴里有脓肿。他们拔了我一颗牙。

国　王　大家受了很多苦。痛苦减少了,痛苦消失了。多宽心啊！

以后,大家就很幸福了。

朱丽叶特　我累、累、累。

国　王　然后,大家就休息。这很好。

朱丽叶特　我从没有过空闲。

国　王　你可以抱有希望……你走路,挎着菜篮子,你去买东西。你向杂货商问好。

朱丽叶特　一个大胖坏家伙,丑得把猫和鸟都吓跑了。

国　王　这简直太好了。你拿出钱包,付钱,他们找你零钱。市场上有各种颜色的食品,绿生菜、红樱桃、金葡萄、紫茄子……整个一条彩虹!……棒极了,难以置信。简直是童话。

朱丽叶特　然后,我就回来……沿着原路。

国　王　每天两次走同一条路!天空在上,你可以一天看它两次。你呼吸。你从来没想过你在呼吸。想想吧,回想回想。我相信你就没注意过。这是个奇迹。

朱丽叶特　然后,然后,我就洗前一天的餐具。都是油乎乎的盘子。然后,我还要做饭。

国　王　多开心啊!

朱丽叶特　正相反。这让我厌烦。我干够了。

国　王　这让你厌烦!有些人是大家不理解的。厌烦也是美的,不厌烦也是美的;发怒是美的,不发怒也是美的;不高兴是美的,高兴也是美的;顺从是美的,反抗也是美的。人们在行动,你说,别人也对你说;你抚摸,别人也抚摸你。仙境不过如此,永远是节日。

朱丽叶特　事实是,这没个完。然后,我还要去摆餐桌。

国　王　(同样欣喜地)你摆餐桌!你摆餐桌!你往餐桌上摆什么?

朱丽叶特　我准备的饭菜。

48

国　王　比如说,有什么?

朱丽叶特　我不知道,当天的特菜,火锅!

国　王　火锅!……火锅!

　　　　〔陷入梦想。

朱丽叶特　这是全餐。

国　王　我非常喜欢火锅。青菜、土豆、白菜、胡萝卜,用奶油拌在
　　　　一起,再用叉子把它压碎,搅成泥。

朱丽叶特　我们可以给他端来。

国　王　让他们给我端来。

玛格丽特　不。

朱丽叶特　这能使他高兴。

大　夫　这对他身体有害。他是禁食的。

国　王　我要火锅。

大　夫　这对将死的人的健康是不合适的。

玛　莉　这可能是他最后的欲望了。

玛格丽特　必须让他放弃这个。

国　王　(梦幻地)开锅了……热的土豆……煮熟的胡萝卜……

朱丽叶特　他还在玩文字游戏①。

国　王　(疲倦地)我还从来没注意到胡萝卜这么好看。(对朱丽叶
　　　　特)快去把卧室里的那两只蜘蛛打死。我不想让它们活得比我
　　　　更长。不,别打死它们,说不定它们和我还有关系呢……死亡,
　　　　火锅……从宇宙上消失了。从来就没有火锅。

侍　卫　(通报)在广阔的土地上,火锅被禁。

玛格丽特　好了! 这事完了! 他放弃了。我们应当从最不重要的
　　　　欲望开始。必须干得非常巧妙,是的,现在可以开始了。慢一

----

① "煮熟的胡萝卜"转意为"一切都完蛋了"。

点,像是包扎一个裸露的伤口,在打开包扎时要从离伤口中心最远的地方动手。(走近国王)朱丽叶特,给他擦擦汗,他全湿透了。(对玛莉)不,不是你。

大　夫　(对玛格丽特)他的恐惧从毛孔一点点往外渗呢。(他检查病人,同时玛莉跪下,用手捂脸)看见了吗,他的体温在下降,而且,他差不多不再有鸡皮疙瘩了。他过去根根竖起的头发现在松散躺倒了。他对惊恐还不习惯,不,不,但他能从内里看到它,正是为此他敢于闭上眼睛。他会再睁开眼睛。表情还比较放松,但您看,皱纹和老相已经出现在脸上。他任其发展,而且还会有新的打击,事情不会来得太快。但他不会因恐惧而腹泻,这有损名声。还会有恐惧,纯粹的恐惧,但不会有腹部并发症。我们不能指望这是一次典范的死亡。但总得是体面的吧,他将死于他的死亡,而不再是死于他的恐惧,不论怎么说,应当帮助他,陛下,应当好好帮助他,直至最后一秒钟,直至最后一口气。

玛格丽特　我会帮助他的。我会让他走出恐惧的。我要把他拉开。我会解开所有的结,理顺团团乱麻,我要分开良莠,这些又长又硬的杂草紧紧缠住了他。

大　夫　这可不容易。

玛格丽特　哪儿来的这些杂草,这些疯长的杂草?

大　夫　一点一点,逐年长起来的。

玛格丽特　你变乖了,陛下。你不是更平心静气了吗?

玛　莉　(又站起,对国王)只要她不在那儿,你就在那儿。当她在那儿,你就别再上那儿,你别碰上她,别再看见她。

玛格丽特　生命的谎言,古老的诡辩!我们知道这一套。她总在那儿,总在眼前,从第一天起,从发芽之日起。她是在长大的苗,

50

开放的花,独一无二的果实。

玛　莉　（对玛格丽特）这也是尽人皆知的道理。我们也都知道。

玛格丽特　这是最初的真理,也是最后的真理。是吗,大夫?

大　夫　两件事都是真的。看你的观点了。

玛　莉　（对国王）过去,你一直相信我。

国　王　我正在死去。

大　夫　他改变了观点,改变了地位。

玛　莉　如果必须从两方面去看,你就从我这面看。

国　王　我正在死去。我不能。我正在死去。

玛　莉　啊! 我对他已失去了权力。

玛格丽特　（对玛莉）你的魅力,你的诱惑力都不起作用了。

侍　卫　（通报）玛莉王后的魅力对国王已不起作用了。

玛　莉　（对国王）你爱过我,你还在爱我,我永远爱你。

玛格丽特　她只想着她自己。

朱丽叶特　这很自然。

玛　莉　我永远爱你,我还在爱你。

国　王　我不知道了,这帮不了我。

大　夫　爱情是疯狂的。

玛　莉　（对国王）爱情是疯狂的。如果你拥有疯狂的爱情,如果你
发狂地爱,如果你绝对地爱,死亡就会远去。如果你爱我,如果
你爱一切,恐惧就会消失。爱情会使你健康,当你在爱情中沉
醉,恐惧也会远离你。宇宙是完整的,一切都会复活,空无会变
得充实。

国　王　我很充实,但有窟窿。人们在啃啮我。窟窿在扩大,成了无
底洞。当我向我自己的窟窿俯视的时候,我头晕眼花,我完了。

玛　莉　这不是完结,其他人会为你而爱的,会为你而仰望天空的。

国　王　我正在死去。

玛　莉　进入到其他人里面去,变成其他人。永远会有……这个,这个。

国　王　什么这个?

玛　莉　所有这个都存在。这个不会腐烂。

国　王　还是……还是……还是这么少。

玛　莉　一代代年轻人在扩大宇宙。

国　王　我正在死去。

玛　莉　星座都被征服了。

国　王　我正在死去。

玛　莉　鲁莽的人会冲开天国的大门。

国　王　让他们冲破那些大门。

大　夫　他们也正在制造不死的药剂。

国　王　(对大夫)不可能!为什么你自己不在此前发明这些药剂?

玛　莉　新的星宿刚刚出现。

国　王　我很愤怒。

玛　莉　这是些全新的星,处女星。

国　王　它们会失去光彩的。而且,这与我无关。

侍　卫　(通报)无论是老的星座还是新的星座,都与尊贵的陛下,贝朗热国王无关!

玛　莉　一种新的科学正在建立。

国　王　我正在死去。

玛　莉　另一种智慧取代了旧有的,一种更大的疯狂,一种更大的无知,完全不同,又完全相同。让它给你带来安慰,使你高兴起来。

国　王　我害怕,我正在死去。

玛　莉　你早就准备好这一切了。

国　王　没有特地准备。

玛　莉　你曾是一个阶段，一种成分，一个先兆。你属于各种各样的结构。你计算，你将被人计算。

国　王　我将不再是计算的那个人了。我正在死去。

玛　莉　一切存在过的都将存在，一切将存在的都存在着，一切将存在的都存在过。你已经永远载入了宇宙的登记簿。

国　王　谁会去查阅档案？我正在死，让所有的人都去死，不，让所有的人都留下，不，让所有的人都去死，既然我的死亡不能充满各个世界！让所有的人都去死，不，让所有的人都留下。

侍　卫　尊贵的国王陛下要所有剩下的人都留下。

国　王　不，让所有的人都去死。

侍　卫　尊贵的国王陛下要所有的人都去死。

国　王　让所有的人和我一起去死，不，让所有的人都留在我身后。不，让所有的人都去死。不，让所有的人都留下。不，让所有的人都去死，让所有的人都留下，让所有的人都去死。

玛格丽特　他不知道他想要什么。

朱丽叶特　我想，他不再知道他想要什么了。

大　夫　他不再知道他想要什么。他的大脑退化了，这是衰老症，老年痴呆症。

侍　卫　（通报）尊贵的陛下变得痴……

玛格丽特　（打断侍卫）笨蛋，住嘴！别再向报界发布健康公报了。这会使那些还能听见和发笑的人发笑。这会使其他人感到高兴的，他们会通过公报偷听你的讲话。

侍　卫　（通报）根据尊贵的陛下、玛格丽特王后的命令，健康公报暂停。

玛　莉　（对国王）我的国王，我的小国王……

国　王　当我做噩梦的时候,当我在睡梦中哭泣的时候,你会把我叫醒,你拥抱我,你使我平静下来。

玛格丽特　她不能再这么做了。

国　王　当我失眠离开卧室的时候,你也同样会把我叫醒。你会到大殿里来找我,穿着粉红绣花睡袍,你拉着我的手带我回去睡觉。

朱丽叶特　我和我的丈夫,也是这样。

国　王　我和你分担我的伤风,我的感冒。

玛格丽特　你不会再感冒了。

国　王　早上,我们同时睁开眼睛,我独自闭上眼睛,或是人各一边,我们同时想着同样的事情。你会替我说完我在脑子里刚开始的句子。我洗澡时叫你来给我搓背。你给我选择领带,我不总是喜欢你的挑选。在这事上我们有矛盾。没人知道这事,将来也不会有人知道。

大　夫　这并不重要。

玛格丽特　真小资!真的,这并不值得知道。

国　王　(对玛莉)你不喜欢我弄乱头发,你给我梳头。

朱丽叶特　这一切真令人感动。

玛格丽特　(对国王)你不会再头发蓬乱了。

朱丽叶特　这真是太悲哀了。

国　王　你擦拭我的王冠,你擦拭王冠上的珍珠,让它熠熠生辉。

玛　莉　(对国王)你爱我吗?你爱我吗?我永远爱你。你还爱我吗?他还爱我。你此刻爱我吗?我在那儿……这儿……我在……看,看……好好看看我……再看我两眼。

国　王　我永远爱我,不管怎样,我爱我,我还能感受自我。自我观照,自我欣赏。

54

玛格丽特　（对玛莉）够啦！（对国王）别再向后看了。我们都这样劝你。好了，快点吧。过一会儿，就会对你下命令了。（对玛莉）你别再让他犯错误了，我对你说过。

大　　夫　（看表）它变慢了……又倒回去了。

玛格丽特　这没什么。别感到不安，大夫先生，刽子手先生。倒转，正转，绕着转……这都是预料之中的。是纳入计划的。

大　　夫　要是突发心脏病，就不会有那么多事。

玛格丽特　心脏病发作，这是商人的病。

大　　夫　……或是严重的肺炎！

玛格丽特　这是穷人病，而不是国王会得的。

国　　王　我还能决定不去死。

朱丽叶特　你们看，他还没好。

国　　王　如果我决定我不愿意，如果我决定我不愿意，如果我决定我自己不作决定！

玛格丽特　我们能让你决定。

侍　　卫　（通报）王后和大夫能强迫国王作出决定。

大　　夫　这是我们的义务。

国　　王　除了国王，谁能允许你们去碰国王？

玛格丽特　力量，事物的力量允许我们这样做，天谕，命令。

大　　夫　（对玛格丽特）现在我们就是指挥。就是命令。

侍　　卫　（当朱丽叶特把国王推上轮椅并推着轮椅在台上转）陛下，我的指挥官，是他发明了火药。他从天神那里盗来了火，然后把火放进火药。差一点一切都炸飞了。他把它抓在手里，重新捆好。我帮他干，这可不是好干的。他也不是随随便便的。他在地球上盖起了最早的熔炉。他发明了炼钢。二十四小时内他工作十八个小时。他让我们这些人干得更多。他是总工程师。工程师先生又造出了第一批气球,然后是飞艇。最后,他又用他的双手造出了第一架飞机。这不是一下子成功的。第一批试飞员,伊卡洛斯尔和其他人都掉进了海里,直到他决定自己当飞行员。我是他的机械师。很早以前,在他还是小王子的时候,他就发明了两轮车。我和他一起玩。后来是铁轨、铁路、汽车。他制订了埃菲尔铁塔的计划,但没有计算镰刀、犁铧、收割机、拖拉机。(对国王)不是吗,机械师先生,您还记得吗?

国　王　拖拉机,哎,我忘了。

侍　卫　他熄灭过火山,又让其他火山爆发过。他建设起罗马、纽约、莫斯科、日内瓦。他创建了巴黎。他干过革命,反革命,宗教,改革,反改革。

朱丽叶特　完全看不出。

侍　卫　他写了《伊利亚特》和《奥德赛》。

国　王　什么是汽车?

朱丽叶特　(一直在用轮椅推他)自己会跑的。

侍　卫　而同时,历史学家先生已经写下关于荷马和荷马时代最好的评注。

大　夫　在这种情况下,说真的,他是最胜任的。

国　王　我干了所有这些事! 真的吗?

侍　卫　他写过悲剧,喜剧,用莎士比亚的笔名。

朱丽叶特　他真的就是莎士比亚?

大　夫　(对侍卫)您本该在大家绞尽脑汁想知道这是谁的时候就告诉我们这些。

侍　卫　这是个秘密。他不许我说。他发明了电话、电报,然后自己都装上了。他干什么都自己动手。

56

朱丽叶特 他一点都不会用他的双手了。一点小事儿,他就要找修理工。

侍　卫 我的指挥官,您那时多灵巧啊!

玛格丽特 他再也不会穿鞋,也不会脱鞋。

侍　卫 不久前,他发现了原子裂变。

朱丽叶特 他再也不会开关电灯了。

侍　卫 陛下,我的指挥官,导师,督政先生……

玛格丽特 (对侍卫)我们都很清楚他过去的功绩。不用再开清单了。

　　　〔侍卫回到原位。

国　王 (人家推着他)什么是马?……这是窗户,这是墙壁,这是地板。

朱丽叶特 他又认得墙壁了。

国　王 我干过事儿。人家说我干过什么?我不知道我干过什么。我忘了,我忘了。(人家推着他)这是宝座。

玛　莉 你记得我吗?我在这儿,我在这儿。

国　王 我在这儿。我活着。

朱丽叶特 他甚至不记得马了。

国　王 我记得一只全身红棕色的小猫。

玛　莉 他记得一只猫。

国　王 我有一只全身红棕色的猫。人家叫它犹太猫。我在田野里找到它,我把它从它母亲那儿偷来了,一只真正的野猫。它十四天大,也许更大一点儿。它已经会抓和咬。它很凶。我喂它食,我抚摸它,我把它带了回来。它变成了一只最温顺的猫。一次,它藏进了一位女宾客、贵妇人大衣的袖口里。这是最彬彬有礼的生物,很自然的礼貌,一个王子。当半夜里人家把它放回来后,它来向我们打招呼,眼睛发呆。它摇摇晃晃地走去睡觉。早上,它把我们叫醒,为的是睡到我们床上。一天,我们关上了门。它试着把门打开。它从后面推门,它生气了,大喊大叫,整整赌了一个星期的气。它很害怕吸尘器,这是一只胆小的猫,没有武装的猫,诗人猫。我们给它买过一只发条鼠,它开始以不安的神情闻它。当我们上了弦,小老鼠开始行走,发出咔咔的声音,猫就逃跑了,躲到了柜子底下。长大以后,不少母猫在房子周围转悠,向它献媚,叫它。这使它神魂颠倒,但它一动不动。我们想让它见见世面,把它放在窗旁的过道上。它吓呆了。鸽子围着它,它害怕鸽子。它绝望地叫我,呻吟着,紧贴着墙根。其他动物、其他的猫对它来说都是它轻视的奇异的创造物或是它害怕的敌人。它只有和我们在一起才感觉良好。我们是它的家人。它不害怕人。它不打招呼就突然跳到他们的肩膀上,舔他们的头发。它相信我们就是猫,而猫却是别的什么东西。晴朗的一天,它大概想到它该出门了。邻居的一条大狗把它咬死了。它就像一只猫布偶,抽动着的布偶,眼睛裂开,一只爪子被撕掉,是的,就像一个让残忍的孩子损坏了的布偶。

玛　莉　(对玛格丽特)你就不该让门敞开着;我跟你说过。

玛格丽特　我讨厌这只有感情又胆小的畜牲。

国　王　我只能悼念它! 它很好,它很美,它很乖,它很聪明,尽善尽美。它爱我,它爱我。我可怜的猫,我唯一的猫。

　　　　〔这段关于猫的长篇独白应当说得尽可能不动感情;国王说时应是习以为常的样子,带着一种梦幻般的麻木,最后那段表示哀痛的辩白除外。

大　夫　我跟您说,他要迟了。

玛格丽特 我注意到了。他已进入规定的期限了。我跟您说这是在预料之中的。

国　王 我梦见它……它在壁炉里，躺在火炭上。玛莉奇怪它怎么会烧不着，我回答："猫是烧不着的，它们经过防火处理。"它喵喵叫着从壁炉里出来，冒着浓烟，这不再是它了，好一个化身！这是另一只猫，丑陋，肥胖。一只大母猫。活像它母亲，那只野母猫。很像玛格丽特。

〔朱丽叶特让国王在轮椅里待了一会儿，在台前，面对观众。

朱丽叶特 这真是不幸，太可惜了，这曾是一个多么好的国王。

〔转动。

大　夫 他可不好商量。相当坏。记仇。残酷。

玛格丽特 虚荣心很重。

朱丽叶特 还有更坏的。

玛　莉 他是温顺的，他是温柔的。

侍　卫 我们很爱他。

大　夫 （对侍卫和朱丽叶特）但是你们俩总是抱怨他。

朱丽叶特 我们忘了。

大　夫 我在他身边给你们调解过好多次。

玛格丽特 他只听玛莉王后的。

大　夫 他很难缠、很严厉，因此并不公正。

朱丽叶特 我们很少看见他。我们总算看见他，我们常常看见他。

侍　卫 他很强壮。他让人砍过好些人的头，这是真的。

朱丽叶特 并没那么多。

侍　卫 这是为了人民的安全。

大　夫 结果：我们的周围都是敌人。

玛格丽特　你们听见陷落的声音了。我们不再有边境了,一个在扩大的洞把我们和邻国分开了。

朱丽叶特　这样更好。他们再也不能侵犯我们了。

玛格丽特　深渊在扩大。下面是洞,上面也是洞。

侍　卫　我们停留在表层。

玛格丽特　只能停留很短的时间。

玛　莉　和他一起死去更好。

玛格丽特　我们只能待在表层,我们将只能待在深渊里。

大　夫　这一切,都是他的错。他什么都不愿留给他身后。他就不想想他的继承人。在他之后,是洪水。比洪水更糟,在他之后,什么都没有。一个忘恩负义的人,一个自私自利的人。

朱丽叶特　关于死者,只需美言。他是一个伟大王国的国王。

玛　莉　他是王国的中心。他是王国的良心。

朱丽叶特　他是王国的寓所。

侍　卫　王国向四周延伸,延伸到很远,很远。我们看不到边界。

朱丽叶特　空间无限。

玛格丽特　但时间有限。既无限又短暂。

朱丽叶特　他是王国的王子,第一要人,他是王国的父亲,他是王国的儿子。在他出生的那一刻他就被加冕为王国的国王。

玛　莉　他的王国和他一起成长。

玛格丽特　他们一起消失。

朱丽叶特　他是国王,万物的主人。

大　夫　一个不可靠的主人。他并不了解他的王国。

玛　莉　王国太大了。

朱丽叶特　地球和他一起崩溃。星辰散尽。流水消失。还有火,空气,宇宙,万物。在什么样的家具贮藏室里,在什么样的地窖里,在什么样的杂物室里,在什么样的阁楼里,我们能安放这一切? 必须得有地方。

大　夫　当国王们死去时,他们会紧紧抓住墙壁,抓住树木,抓住清泉,抓住月亮;他们要紧紧抓住……

玛格丽特　但它们会摆脱的。

大　夫　一切会融化,一切会蒸发,剩不下一滴水,一粒灰尘,一片阴影。

朱丽叶特　他把一切带进他的深渊里。

玛　莉　他曾把他的宇宙组织得很好。他还不完全是宇宙的主人。他变成了主人。他死得太早。他把一年分成了四季。安排得相当好。他想象出树木、鲜花、气味、色彩。

侍　卫　一个按国王规划的世界。

玛　莉　他发明了大洋和高山:差不多海拔五千米高的勃朗峰。

侍　卫　八千多米的喜玛拉雅山。

玛　莉　叶子从树上落下,它们又会长出来。

朱丽叶特　这是很聪明的。

玛　莉　从他降生之日起,他就创造了太阳。

朱丽叶特　还不止这些。他还让人弄来了火。

玛格丽特　有过无限的辽阔,有过星辰,有过天空,有过大洋和高山,有过平原,有过城市,有过面孔,有过建筑,有过房间,有过床,有过光,有过黑夜,有过战争,有过和平。

侍　卫　有过宝座。

玛　莉　有过他的手。

玛格丽特　有过目光。有过呼吸……

朱丽叶特　他还在呼吸。

玛　莉　他还在呼吸,既然我在这儿。

玛格丽特　(对大夫)他还在呼吸吗?

朱丽叶特　是的,陛下。他还在呼吸,既然我们都在这儿。

大　夫　(检查病人)是的,是的,这很明显。他还在呼吸。腰不能动了,但血还在流。它在流,是这样。他的心脏还结实。

玛格丽特　他该走到头了。为什么他的心还在无缘无故地跳动?

大　夫　真是的。一颗疯狂的心。您听?(人们可以听见国王疯狂的心跳声)开始了,很快,慢了一点,又非常快。

　　　　〔国王的心跳摇晃着房子。墙上的裂缝在变宽,又出现了新裂缝。墙壁有的倒塌或消失。

朱丽叶特　我的上帝!一切都要倒塌了!

玛格丽特　一颗疯狂的心,一颗疯子的心!

大　夫　一颗慌乱的心。他把他的慌乱通知了全世界。

玛格丽特　(对朱丽叶特)很快就会平静下来的。

大　夫　我们知道所有这些阶段。世界毁灭的时候总是这样。

玛格丽特　(对玛莉)这恰好证明他的世界不是唯一的。

朱丽叶特　他并不怀疑这一点。

玛　莉　他把我忘了。此时此刻,他正在把我遗忘。我感到了,他在抛弃我。要是他忘了我,我就什么都不是了。要是我不在他那颗疯狂的心里,我就活不下去了。坚持住,坚持住。用你所有的劲儿握紧你的手。别把我松开。

朱丽叶特　他没劲儿了。

玛　莉　别松开我,紧紧抓住我。是我让你活着。我让你活着,你让我活着,懂吗?要是你忘了我,要是你抛弃了我,我就不能存在,我就什么都不是了。

大　夫　他将是一本有一万页的书中的一页,这本书将被放进一座拥有一百万本书的图书馆里,这座图书馆是一百万座图书馆中的一座。

朱丽叶特　要想再找到这一页,这可不容易。

大　夫　不,可以找到,在目录里,先按字母,再查分类……直到有一天纸张都成了灰……而在那之前,它必定会烧掉。图书馆是常发生火灾的。

朱丽叶特　他握紧拳头。他又重新抓住,他在抵抗。他又回到了自己身上。

玛　莉　他回到了我身上。

朱丽叶特　(对玛莉)您的声音叫醒了他,他睁开眼了,他看着您呢。

大　夫　是的,他心中还有挂念。

玛格丽特　一个垂死的人会有什么处境?是在一个荆棘篱笆里。他在荆棘篱笆里。怎么让他抽身?(对国王)你已经陷入泥潭了,让荆棘给缠住了。

朱丽叶特　当他脱身出来的时候,他的鞋还留在那里。

玛　莉　好好扶着我,我来扶你。看着我,我正看着你呢。

　　　　　〔国王看着她。

玛格丽特　她会把你搞糊涂的。别再想她了,你会感到舒心。

大　夫　放弃吧,陛下。让位吧,陛下。

朱丽叶特　要是非得让位您就让位吧。

　　　　　〔朱丽叶特又开始推轮椅,停在玛莉面前。

国　王　我听见了,我看见了,你是谁?是我母亲,是我姐姐,是我妻子,是我女儿,是我外甥女,是我表妹?……我认识你……我肯定认识你。(把他转向玛格丽特)冷酷的女人!你干吗待在我身边?你干吗向我弯下腰来?滚,滚开!

玛　莉　别看她。把你的目光转向我,睁大你的眼睛。希望吧。我在这儿。好好想想。我是玛莉。

国　王　(对玛莉)玛莉?!

玛　莉　要是你记不清了,看看我,重新记住我是玛莉,记住我的眼睛,记住我的面孔,记住我的头发,记住我的胳膊。

玛格丽特　您给他找麻烦,他不会再记住了。

玛　莉　(对国王)要是我不能再搀扶你,你总得向我转过来。我在这儿。记住我的形象,把它带走。

玛格丽特　他带不动了,他劲儿不够,对一个亡灵来说这太沉了,不应当让他的亡灵被其他亡灵剥了皮。重量会把他压倒的。他的亡灵会流血,他不再能前进了。必须让他轻。(对国王)超脱吧,变轻吧。

大　夫　他应当开始丢弃重负了。超脱吧,陛下。

　　　　〔国王站起,但步态已变,手势断断续续的,样子有点像梦游者。这种梦游者的步态越来越明显。

国　王　玛莉?

玛格丽特　(对玛莉)你看,他弄不明白你的名字了。

朱丽叶特　(对玛莉)他弄不明白您的名字了。

侍　卫　(通报)国王不再明白玛莉的名字了!

国　王　玛莉!

　　　　〔在说这名字时,他伸出双臂,然后又垂下了。

玛　莉　他说出这名字了。

大　夫　他重复这名字但并不明白。

朱丽叶特　像是鹦鹉学舌。是死的音节。

国　王　(转向玛格丽特)我不认识你,我不爱你。

朱丽叶特　他知道"不认识"是什么意思。

玛格丽特　(对玛莉)他将带着我的形象出发。这形象不会死缠着他,必要时就会离开他。有一种装置可以使他自我摆脱。扳动一个很松的扣机,就可以调控距离。(对国王)好好看看。

〔国王从公众的方向转过来。

玛　莉　他不看您。

玛格丽特　他不再看你。

　　　　〔玛莉以一种舞台技巧突然消失。

国　王　还有……有……

玛格丽特　别再看有什么了。

朱丽叶特　他看不见了。

大　夫　（检查国王）是的,他看不见了。

　　　　〔他在国王眼前晃动手指;他也可以在贝朗热的眼前晃动
　　点着的蜡烛、打火机或火柴。国王的目光不再转动。

朱丽叶特　他看不见了。大夫为他正式诊断了。

侍　卫　陛下正式瞎了。

玛格丽特　他内心在看。他会看得更好。

国　王　我看见东西,我看见面孔和城市和森林,我看见空间,我看
　　见时间。

玛格丽特　看得更远。

国　王　我不能看得更远。

朱丽叶特　地平线围绕着他、封闭着他。

玛格丽特　让你的目光超越你所看见的一切。在大路后面,越过高
　　山,穿过你从没开发的森林。

国　王　大洋,我不能走得更远了,我不会游泳。

大　夫　缺乏锻炼!

玛格丽特　这只是表面。走向事物的内部。

国　王　在我的五脏六腑里有一面镜子,一切都反映出来了,我看
　　得越来越清楚,我看见了世界,我看见了正在离去的生命。

玛格丽特　走到这反映的另一边。

国　王　我看见了自己。在一切事物的背后,我在。比我要无所不在。我是地,我是天,我是风,我是火。我是在所有的镜子里,还是我是所有这一切的镜子?

朱丽叶特　他太爱自己了。

大　夫　一种著名的精神病症:自恋癖。

玛格丽特　来,过来。

国　王　没有路。

朱丽叶特　他听得见。有人说话时他就转脑袋,他侧耳倾听,他伸出一条胳膊,他伸出另一条。

侍　卫　他想抓住什么?

朱丽叶特　他在寻找倚靠。

　　　　　〔从早一点时候开始,国王瞎着往前走,脚步很不坚定。

国　王　墙在哪儿? 胳膊在哪儿? 门在哪儿? 窗户在哪儿?

朱丽叶特　墙在那儿,陛下,我们都在这儿。这儿是胳膊。

　　　　　〔朱丽叶特把国王带向台右,让他摸墙。

国　王　墙在这儿。权杖!

　　　　　〔朱丽叶特递给他权杖。

朱丽叶特　在这儿。

国　王　侍卫,你在哪儿? 回答。

侍　卫　永远听从您的命令,陛下。永远听从您的命令。(国王向侍卫走前几步,摸他)是的,我在这儿;是的,我在这儿。

朱丽叶特　您的套间在这边,陛下。

侍　卫　我们不会抛弃您,陛下,我向您发誓。

　　　　　〔侍卫突然消失。

朱丽叶特　我们在这儿,在您身边,我们都留在这儿。

　　　　　〔朱丽叶特突然消失。

国　王　侍卫！朱丽叶特！答应！我听不见你们了。大夫，大夫，
　　　　我是聋了吗？

大　夫　不，陛下，还没聋。

国　王　大夫！

大　夫　请原谅，陛下，我该走了。我不得不走。我很伤心，请
　　　　原谅。

　　　　〔大夫退出。他像个木偶似的边退边鞠躬，从左后门下。
　　　他退着离开，卑躬屈膝，一直在道歉。

国　王　他的声音远了，他的脚步轻了，他不在这儿了。

玛格丽特　他是大夫，他有职业责任。

国　王　（伸出胳膊。朱丽叶特在退场前应把轮椅推到角落以免妨
　　　　碍表演）其他人在哪儿？（国王走到前台左侧门前，又转向前台
　　　　右侧门）他们都走了，他们把我关起来了。

玛格丽特　所有这些人，他们把你堵在这儿了。他们不让你出也不
　　　　让你进。他们吊在你身上，藏进你的爪子里。承认吧，他们让
　　　　你难堪。现在，一切都好起来了。（国王走得更自在了）你还剩
　　　　下一刻钟。

国　王　我需要他们侍候。

玛格丽特　我替他们。我是什么都干的王后。

国　王　我没准过任何假。让他们回来，去叫他们。

玛格丽特　他们都离开了。这是你愿意的。

国　王　我不愿意。

玛格丽特　要是你不愿意他们是不能离开的。你不能再恢复你的
　　　　意志了。你让他们都消失了。

国　王　让他们回来。

玛格丽特　你不再知道他们的名字。他们叫什么？（国王沉默）他

们有几个？

国　王　谁啊？……我不喜欢人家把我关起来。把门打开。

玛格丽特　耐心一点。过一会儿，门就会大开了。

国　王　（沉默片刻后）门……门……什么门？

玛格丽特　有门吗？有世界吗？你活过吗？

国　王　我在。

玛格丽特　别再动。这使你疲倦。

〔国王按她说的做。

国　王　我……一些声音,回声从深处泛起,渐渐远了,平息了。我聋了。

玛格丽特　我,你会听见我说话,会听得更清楚。（国王站着,不动,他不说话）有时候人会做梦。他抓住它,相信它,喜欢它。早晨,眼睛睁开时,两个世界还交融在一起。夜的面孔在光亮中逐渐模糊。他想回忆,想记住这夜的面孔,但它们从你手里溜走了,白昼粗暴的现实把它们扔掉了。他在想,我梦见什么了？发生了什么？我拥抱了谁？我爱谁？我说过什么？他们又对我说了什么？他带着对那些存在过或好像存在过的事情的惋惜之情又恢复了平静。他不再知道在他周围发生过什么。他不知道了。

国　王　我不知道周围发生过什么。我知道我沉入了一个世界,这个世界围绕着我。我知道这曾是我,发生过什么？发生过什么？

玛格丽特　我没解开的绳子还缠着你。或者说,我还没把它剪断。好些手还抓着你,拉着你。

〔玛格丽特围着国王转,在空无中剪绳,就好像她手里有一把看不见的剪刀。

国　王　我。我。我。

玛格丽特 这个你不是你。这是外在的客体,是附着物,是畸形的寄生虫。在树上生长的槲寄生并不是树枝,爬在墙上的常春藤并不是墙。你在重负下弯腰驼背,这使你衰老了。脚上沉重的铁球也拖住了你的步履。(玛格丽特俯身从国王脚上拿起看不见的铁球,然后又起身,像是很费劲的样子举起铁球)好几吨重,好几吨重,这有好几吨重。(她做出将铁球扔向厅里的样子,然后轻松地站直)哎哟!你怎能拖着这家伙过一辈子呢!(国王试着站直)我想过你为什么会驼背,就是因为这个袋子。(玛格丽特做出从国王肩上解下袋子并扔掉的样子)还有这个褡裢(玛格丽特做与上述同样的动作),还有这些备用的鞋子。

国　王 (抱怨地)不。

玛格丽特 安静!你不会再用得着这些备用的鞋子了。还有这支卡宾枪,这支冲锋枪。(与上述同样的动作)还有这个工具箱。(同样的动作;国王反对)还有这把军刀,他好像很珍惜它。一把老军刀,整个都锈了。(她把刀拿起来,尽管国王笨手笨脚地反对)让我来。乖一点。(她拍了一下国王的手)你再也用不着自卫了。他们只想从你身上得到好处。在你的长袍上有的是荆棘,鳞叶,藤叶,藻类,各种湿的、黏的叶子。它们粘上去、粘上去。我给摘下来,拽下来,它们留下好多印迹,这可不干净。(她做出摘和拽的动作)梦想者从梦中脱身。因此,我帮你摆脱这些小灾小难,这些不干不净。你的长袍现在可漂亮多了,你可干净多了。这对你有好处。现在,前进吧。把手给我,把手给我啊,别害怕,滑一下没关系,我会扶着你。你不敢。

国　王 (含糊不清地)我。

玛格丽特 不!他想象他就是一切。他以为他的存在就是整个的存在。必须把这念头从他脑袋里清除出去。(然后,像是在鼓励他)一切都会被保留在没有回忆的记忆里。盐粒溶在水里但并不消失,而是使水变咸了。啊,行了,你又直起来了,你不再驼背了,不再腰疼了,不再四肢酸痛了。那时压得太重了,不是吗?好啦,你康复了。你能走了,走走,把手给我。(国王的肩背又有点驼)别再缩肩弯背的,既然不再有重担了……啊,这条件反射,真是根深蒂固……我跟你说过,你肩上已经没有重担了,再直起来,(她帮他直起来)手!……(国王犹豫)他真不听话!别攥紧拳头,把手指伸开。你拿着什么?(她掰开他的手指)他把他的整个王国抓在手里。都很小:缩微胶卷……种子。(对国王)这些种子不会发芽了,种子变质了,这是些坏种子。扔掉吧,松开手指,扔掉平原,扔掉高山。就这样。这不过是一撮尘土。(她拿起他的手,不顾国王的反抗把他拉过来)来,还反抗!哪儿还能找回这些?不,别想躺下,也别想坐下,没任何道理跟跟跄跄的。我领着你,别害怕。(她拉着他的手领他在台上转)你能,不是吗?这很容易,不是吗?我修了个慢坡。过些时候就会更结实了,这没什么,你还会再获得力量的。别转脑袋去看那些你永远不能再看见的东西,专心一点,只关注你的内心,进去,进去,必须这样。

国　王　(闭着眼,一直被拉着手前进)帝国……人们从来没见过一个这样的帝国:两个太阳,两个月亮,两个天穹照耀着它,又一个太阳升起,又一个太阳。第三个天穹喷薄而出,蔓延铺展!当一个太阳降落时,另外的太阳都升起来……黎明与黄昏共存……这是一方土地,伸展到大洋的水库之外,伸展到淹没了大洋的大洋之外。

玛格丽特　越过这些大洋。

国　王　到七百七十七极之外。

玛格丽特　更远、更远。快跑,来啊,快跑。

国　王　蓝色,蓝色。

玛格丽特　他还能辨别颜色。带色彩的记忆。这不是听觉的本性。他的想象力是纯视觉的……这是个画家……过分偏爱单色。(对国王)放弃这个帝国。也放弃这些颜色。这会使你迷路,使你迟到。你不能再迟到了,你不能再停住,你不该。(她离开国王)独自前进,别害怕,走啊。(玛格丽特在舞台一角指引着远处的国王)这不再是白天,这不再是黑夜,不再有白天,不再有黑夜。跟着这个在你面前旋转的车轮走。别看不见它,跟上它,别太近了,它着火了,你会被烧着的。前进,我拨开荆棘,当心,别碰上你右边的幽灵……黏糊糊的手,乞求的手,可怜的胳膊和手,别回来,走开吧。别碰他,不然我揍你们!(对国王)别回头。躲开你左边的悬崖,别害怕嚎叫的老狼……它的大牙是纸做的,它并不存在。(对狼)狼,别再存在!(对国王)也不用害怕那些耗子,它们不会啃你的脚趾。(对耗子)耗子和蝰蛇,别再存在!(对国王)你不必自作多情地怜悯那个向你伸手的乞丐……当心那个向你走来的老太婆……别喝她给你递过来的那杯水。你不渴。(对想象中的老太婆)他不需要解渴,好女人,他不渴。别挡他的路。快走开。(对国王)越过障碍……大卡车不会轧着你的,这是个幻影……你能够通过,通过……但是,不,雏菊是不会歌唱的,即使它疯了也不会唱。我把它们的声音给吸收了,给抹掉了!……别侧耳倾听小河的低语,客观地讲,它是听不见的。这也是一条假河,一种假的声音。……假的声音,闭嘴。(对国王)不会有人再叫你了。最后一次闻一下这朵花,然后把它扔掉。忘记它的香味,你无话可说了。你能对谁说呢?是的,就这样,抬起脚步,另一只脚,这儿是天桥,别怕头晕。(国王走向宝座的台阶)一直走,你用不着你的木棍,而且你也没有。别弯腰,特别是别倒下。上,上。(国王开始登上三四级宝座的台阶)再高些,更高些,上,还再高些,再高,再高。(国王快接近宝座)向我转过来。看着我。透过我观看。看着那面没有形象的镜子,站直……给我你的腿,右腿,左腿。(随着她的命令,国王四肢僵硬)给我一个手指,给我两个手指……三个……四个……五个……十个手指。把右臂交给我,左臂,胸腔,双肩,肚子。(国王不动,像一尊雕像)好啦,你看,你无话可说了,你的心用不着跳了,不必再有呼吸的麻烦了。这些都是无用的行动,不是吗?你可以就位了。

〔玛格丽特王后突然从右边消失。

国王坐到宝座上。在这最后的场景,人们看到门、窗、大殿的墙逐渐消失。这一布景的变幻非常重要。

现在,除了坐在宝座上、笼罩在灰色的光亮里的国王,舞台上已别无他物。后来,国王和他的宝座也消失了。

最后,只剩下灰色的光照。

窗、门、墙、国王、宝座的消失应是缓慢的、渐次的、很清晰的。坐在宝座上的国王,在渐隐在轻烟中之前,应当使人能看见他停留一段时间。

幕　落

巴黎,1962 年 10 月 15 日至 11 月 15 日

淤　泥

李玉民　译

画外音　画面	音响

手臂握着的军号,只见袖口有军装饰带。背景为碧蓝的天空。一只公鸡站在粪堆上。日出。

闹钟响起。

公鸡鸣唱。

敞亮的房间。一张床铺,一个穿一身浅色衣服的男子跳下床,过去打开窗户。

从前,我每天睡醒,总是喜气洋洋。

景色:阳光灿烂。广袤大地,春意盎然。男子的脸容光焕发。又切入景色:蓝色大海。又切入那男子喜形于色的面孔。

欢快的歌曲。

一座城市的全貌:闪闪发亮的屋顶。男子健步走下楼梯。他来到乡村式的庭院里。

在一片牧场中央。

在一条白色大道上。

他阔步走在大道上。他的影像完全切换。只见他坐在桌前,正在写信,写好信装进信封,信件很快摞高。

又见他快步走在大道上,挥手向左右不在画面里的人打招呼。时而见他穿着浅色衣衫,走在太阳下,擦拭额上的汗;时而走在雨中,身穿外套,打着雨伞,脚步始终非常轻快。继而又走在风中。树木枝丫弯曲或抖动,他腋下夹着信件

75

| 画外音 画面 | 音响 |

材料,信件散落而不觉,在秋季的天空下,掺杂进飘飞的落叶中。

同样的画面连续数次切换:一身浅色服装走在大道上,打着雨伞,腋下夹着总会散落的信件材料;重又穿着浅色衣衫,走在太阳下;重又打着雨伞;重又在他的房间,面对一摞迅速减少的信件;重又在外面;等等……

只见他长途跋涉,也就是说,看见他穿越快速变化的景物:一座小镇、一座小城、旷野、路边的树木或者房屋,都鱼贯闪过。

一些人,一个老妇、一个农民等等,都目送他匆匆走过。

他走进一家客店,愉快地打手势向人致意。只见他坐在餐桌前用餐,吃了许多道菜肴,喝下许多杯酒。画面上的一些葡萄酒瓶,瓶中酒几秒钟就下去了。他站起身,擦了擦嘴巴。

镜头重又表现大路、街道、大路、街道,他在赶路,行色匆匆。

他独自在一条宽阔的路上。始终神采奕奕。伫立不动。是景物在他周围变换。春天的景物,五彩缤纷。

伴随这些画面,他哼唱同样欢快的歌曲;只听到歌声而不见他唱。欢快的哼唱,不过有点滑稽,幽默。

哼唱的歌曲也有点幼稚,有点可笑。

76

画外音 画面	音响

碧空,极为清亮;大海,继而蓝天,没有
人物。

(所见的画面,到第二部分或者结尾还
要见到,但那已不是春色,而是秋色,不
再那么欢快明媚,而是一片凄凉了。)

一块乌云遮住太阳,布满天空。	歌曲唱腔有点拖
一棵树刹那间叶子落光。	沓,不那么欢快
人物的一只脚踏进泥淖。	了,戛然中止,也
凄凉的城郊。	许被一阵轻咳
公寓房间。	打断。
一只老公鸡站在粪堆上。	公鸡鸣唱,声音
瘸腿公鸡。	嘶哑。
制止闹钟的手。男人胳臂。	闹钟响声。

护窗板和窗户自动打开,显露灰蒙蒙的
天空。

男子坐起来,用力掀掉被子,他双脚沾
地,正要跳下床的当儿,只见他脸上做
了个怪相,手按住胯骨,站起来时还用
手捂住两肋,蹦跳了几下。他一脸诧异
的神色。

他身穿一套睡衣,用力活动,只见他沿
着房间快步走起来,脚步轻快地走到
窗前。

他做了几个瑞典式体操动作。注视放

画外音　画面　　　　　　　　　　　　音响

在椅子上的衣服。

衣服自动从椅子上跳起来,一瞬间他已
穿戴整齐。他对着镜子打量,镜中的形
象略带愁容。有了一道皱纹,他举手按
摩,抚平皱纹。

他坐在桌前,面对一摞信件。他奋笔疾
书,那摞信件渐少,但是突然间,比往常
慢了。桌子上剩下两封信没有答复。
一副倦怠的姿态。

在大路上。他还像往常那样奔波,继而
停下来;又往前走,再次停下来。他擦
拭额头上的汗。双手捂住两肋,说道:

他的声音:
我打算为改善人类生活条件
做出贡献。人的命运绝不完
美,况且,我还发现我肝疼。

他打开客店的正门。他坐下用餐。厨
师长和好几名伙计给他端上香肠、猪血
肠、几大瓶红葡萄酒、火腿、禽肉、馅饼。
餐桌上摆满了食品,他的脖子上围着
餐巾。

他说道:

他的声音:
有一半就够我吃的了。

78

厨师长对他说：

厨师长：

不是天天都有同样的胃口。

　　　　他走在大路上。下雨了。他走进一家
　　　　客店,在空空的餐厅里喝酒。他走出客
　　　　店,凝望在雾蒙蒙的灰暗景色中无限延
　　　　伸的大路。疲倦的姿态。他重又上路。
　　　　坐到一块路碑上。又见他行走。
　　　　凄凉的郊区,他坐到一张长椅上。
　　　　清晨,只见他在自己房间。他打开窗
　　　　户。他照镜子。他面容苍老,头发变
　　　　白,用手抚不平的两道皱纹。

他的声音：

今年,许多庄稼烂在地里。

今年收成不如往年。

　　　　他环视房间。
　　　　房间变得不大整洁了,有几分凌乱:床
　　　　上被子掀开,一只袜子掉在地上,墙壁
　　　　肮脏,墙皮几处脱落。只见他开门的背
　　　　影,有点驼背了。
　　　　只见他在楼梯口,抓住扶手走下一个梯
　　　　级,又走下第二个梯级。这是农舍的一
　　　　座木板楼梯。他又下了几级,站住歇了

　　　　　一会儿:他的面容更苍老了。

　　　　　只见他走下楼梯,随着下楼而变老。

　　　　　走到楼下,他已经满脸皱纹,白发苍苍

　　　　　了。他走路艰难,背驼得更加厉害。他

　　　　　的腿有点瘸。他的胡子刮得很马虎。

他的声音:

要怪这种坏天气。

另一人的声音:

近几年天气非常糟。

几个人的声音:

他看起来还挺年轻。

　　　　　他打开门,走出去,消失在雾气中,重又　　同一唱段,但是

　　　　　显现。　　　　　　　　　　　　　　　　声音有点沙哑。

　　　　　雾气消散,他在一座农场附近的路上,

　　　　　两条大狗围住他,要扑上去。雾气。　　听不见狗叫声。

　　　　　只见他在大路上,行走艰难。早已显旧

　　　　　的衣服,现在看来更加破旧不堪。

　　　　　只见他坐在客店的餐桌用餐,面前一餐

　　　　　盘浓汤,化为肮脏的泥塘。

　　　　　一盘色拉化为荆棘。

　　　　　一块肉和几个马铃薯化为碎石:他先是

　　　　　将一块肉放入口中,咬到的却是石块,

　　　　　硌掉一颗牙齿,赶紧吐出去。他要喝

　　　　　酒,红葡萄酒则化为泥水。

画外音　画面　　　　　　　　　　　　　**音响**

他的声音:

走在低凹的小径中,腋下夹
着猎枪,搜寻野兔,该是多大
的享受啊。

　　　　　荆棘丛生的小树林,碎石遍地,泥泞的田
　　　　　地。接着,一道陡坡。他站在那里,遮住
　　　　　眼睛。转过身去,看见一道悬崖。看样
　　　　　子他有些眩晕,便坐到一块路碑上。
　　　　　(他用手捂住一会儿脸,等放下手,重又
　　　　　露出的脸老相更加明显了。)

他的声音:

我不咳嗽,我也不发烧。
疲倦的力量,要大于力量的
疲倦。

　　　　　只见他站立着,肚子大大凸起,嘴里还
　　　　　咀嚼着食物,他吐出去,露出黏糊糊的
　　　　　大舌头;肚子还在极力增大,继而一个
　　　　　独立的肚子在胀大。
　　　　　只见躯干腔内,好似胸腔解剖图。一副
　　　　　肝脏,几秒钟之间不动弹,接着就长大,
　　　　　侵害其他器官,挤压肠胃等。
　　　　　只见那男子猛地从餐桌边站起身,带动
　　　　　餐桌上的食品:香肠、肉糜、小扁豆、芸

81

画外音　画面	音响

　　豆、盐和瓶装酒散落一地。

他的声音：

我决定不再吃水果,不再吃

胡萝卜、生菜了。

　　只见他坐在一张扶手椅上,但是身处一
条乡村道路的中央。他的样子消瘦了。
他有疼痛感,面露怪相,用手按按右肩,
又按按左肩,再拍拍脑袋,摸摸下巴。
他的手又按住腰。只见地面干裂,裂缝
纵横交错。

甚至可以眼见地面逐渐干硬和龟裂。
只见靠近地面处他双手扶腰的下半身,
继而又见他走远,衰惫的身影,双手抚
着肋部。他的双腿弯曲,似难承受
体重。

尽管如此,他还是继续赶路,但是步履
艰难,穿越陆续变换的景物。他呼吸十
分困难,只见他大口吸气。

钻进烟道里的风
声。一家铁匠炉
的响声。

他从一位怀抱孩子的妇女身边经过。
孩子叫起来。他用手捂住耳朵,好像感
到刺耳似的。

工厂的汽笛声。

画外音　画面	音响
说话的人群。	沉闷的人声。费解的话语声。话语声变得震耳欲聋。
只见他在一片树林附近的景物中。一棵树落叶,而落叶犹如石块,沉重地砸到地上。只见树木震颤。	正常的沙沙声响,继而变得尖利,犹如喊叫。
一只断了头的青蛙,四只腿还动弹。一只巨手抓住要迈步的腿。	
几个抽屉自动打开。几把椅子挪动的嘈杂声。	吱吱咯咯的声音。相应的响动。
他腋下夹着皮包,正行走在上坡的路上。他双手捂住耳朵。皮包跌落。他要拾起皮包。只见一辆大车的巨轮。	尖利的声音。嘈杂声。
车轮缓慢地滚动。	像一辆重载大车,或者火车头的隆隆声。
只见整辆大车和车夫,马匹险些踩死那男人,车夫勉强喝住马,随即呵斥那人。	极尖利的声音。

急促而难懂的话语。

| 继而,一个妇人站在路边,双手叉腰,然后挥动拳头,叫喊并辱骂那男人。 | 极尖利的声音。 |
| 那男人惊恐的脸。接着看见他的上半身,看见他拿着皮包,而皮包里的信件 | |

散落。一边是车夫的斥骂。另一边则
是那妇人的叫喊。

雾气，一片浓雾。喊叫，张牙舞爪，那妇
人和车夫的脑袋。

在画面浓雾弥
漫的时候，喊叫
渐弱，声音逐渐
低沉，不再符合
人物的动作和
叫喊。

车夫的嘴张得老大，但是谩骂也只像咕
咕哝哝的模糊声音了。

音响变得模糊，
就好像那人聋
了；应给人一种
耳朵塞了棉花的
印象。那妇人刺
耳的声音转化为
潺潺的溪水声。

大卡车或小轿车极缓地驶过，几乎悄无
声息。

（也许应该采用慢镜头。）

只见他身体更加衰弱，穿过车流，或者
走在掉头返回的路上，继而费力地回
家。吃力地爬楼梯。他打开房门，点亮
灯，用脚推开从门下缝隙塞进的信件。

堆在桌上未拆信件的画面。他没有完
全脱下衣服就上床了。

微弱的歌曲。

早晨。他起床。打开房门。疾步下楼。
打开楼门。一直走到篱笆，停下喘气。
夜幕降临。重又上楼，躺下睡觉。

渐弱的军号声。

画外音 画面	音响

早晨。下楼,一直走到院子的小角门。　闹钟铃声。
夜晚。重又上楼,睡觉。

早晨。艰难地醒来。下楼一直走到楼
门。一位老妇惊奇地看他。一个男人
也看他。一个孩子也看他。他伸手抓
住门把手,打开楼门,犹豫片刻,不想出
去,又关上楼门,又爬上楼梯。夜幕降
临,他点亮灯,上床睡觉。

早晨。醒来。打开房门,从楼梯往下
看,楼下站着那个男人、那个老妇、那个
孩子。老妇消失,继而男人消失,继而
孩子消失,他望着楼下空荡荡的门厅。
返回房间。夜晚,重又睡下。

早晨。他重又吃力地起床。一直走到　隐约的门铃声。
门口,打开房门,犹豫一下,重又关上。
重又上床睡觉。

又到早晨。起床。从床铺往门口走,半　隐约的军号声。
路停下。重又上床睡觉。

又是早晨。一只脚迈下床,起来。重又　门铃声。
睡下。

又到早晨。一只脚迈下床,或者试图这　隐约的门铃声。
样做。筋疲力尽,重又躺下。

天光微弱。房间凌乱。从门下缝隙塞
进信件,又一批信件,又一批信件。信　有人急促地敲门。

画外音　画面　　　　　　　　　　音响

件在房间堆积起来。在此期间,阳光、　　寂静,又敲了几下。
暮色、灯光昏暗的夜晚。他坐在扶手椅　寂静。间隔长的
上,手上拿着发黄的报纸,但是并不看。　两声敲门。寂静。
在椅子上静坐不动。报纸从手中跌落。
他捡起来。报纸重又从他僵硬的手中
跌落。他试了一下不成,就不再去捡报
纸了。

凌乱房间的画面。窗户关闭。从户外
照进来的灰白的天光。下雨。只见室　　风雨声。
内散落在地的信件、肮脏的脸盆、肥皂、
落了灰尘的旧家具。床铺凌乱,被罩床
单肮脏。

他的声音:

既没有渴望……

只见他胡思乱想而无梦想,眼睛凝望着
虚空。

也没有遗憾。

随后见他闭上眼睛。片刻:房间的画　　雨声。
面。他睁开眼睛。片刻。他闭上眼睛。　寂静。
片刻。他睁开眼睛。寂静。片刻。他　　雨停。
闭上眼睛。每次镜头切换,只见他的胡　又响起雨声。
须密了(或者更长了,视演出而定)。雨
停了。继而又下雨。他睁开眼睛。在

86

他身边地下,报纸旁边有一个酒瓶。他
拿起来喝了一口,放下酒瓶。又闭上眼
睛。再睁开眼睛。对着瓶口喝酒。

为了表明光阴流逝,每次镜头,他脸上、
衣服上都增添新元素:衣服纽扣掉了,
胡须长了,头发越发白了。

他闭上眼睛。重又睁开眼睛。啃一块
干面包。又喝一点水。合上眼睛。他　　　咀嚼的声音。咕
伸出手臂,从糖盒里取出一块焦糖,放　　嚕咕嚕喝水声。
入口中吮吸。

只见他艰难地起身,要啃一块干面包,
但是太硬啃不动,就走两步,往脸盆的　　牙齿啃面包的
脏水里蘸了蘸面包干,又回到扶手椅,　　声音。
重重地坐下。咀嚼起浸湿的面包。

我这身子跟灌了铅似的。

只见他从椅子上站起来,跟跟跄跄,撞　　床垫弹簧的吱
到家具上,扑到凌乱的床上。他身体发　　咯声。
冷。牙齿打战。浑身哆嗦。　　　　　　　牙齿打战的声音。

但愿别有人来打扰。

暮色朦胧。在昏暗中,家具似乎逐渐
变形。

黑暗的海洋。

画外音　画面　　　　　　　　　　　　　　音响

夜色弥漫。

晨曦灰白的光亮。

家具摆脱黑夜,重又显现,逐渐恢复原形。它们看似荒唐,东出一个,西现一个,犹如海难的漂流物。

(拍摄这些画面,可以似真似幻。)

一个人也没有。

他在被窝里暖和了,便露出笑容。

还是睡觉。

他躺在床上。时光流逝。几周过去。　座钟快速地敲
灰白的晨曦和暮色,快速交替十二次。　响,声音嘶哑。
镜头也十二次从窗户移向床铺。他一
动不动,被子一直盖到嘴上。也许还戴
着鸭舌帽(或者一块极脏的手帕包头当
作睡帽)。只见他睁开又闭上眼睛。
两种幻象切换数次:
① 破旧的扶手椅座(当他睁开眼睛),同
地下旧报纸旁边的一只脏碟子底都洞
穿了;
② 当他闭上眼睛,一张深色唱片围着一
个白炽的轮毂飞速旋转,越来越小,继
而消失。与此同时,人物仿佛同床铺和
房间一起消失。

画外音　画面	音响

恐惧的叫声。

　　　　黑暗。

　　　　朦胧光亮。　　　　　　　　　　　　　音乐。

　　　　他惊醒,满头冷汗。他抬起一只手,想　音响效果。
　　　　要擦拭额头的冷汗。他眼睛睁得很大,
　　　　在黑暗中幻见轮毂:那轮毂猛然扩大,　音响效果。
　　　　炸开,飞散的碎片,就如石化的光在暗
　　　　箱里爆炸,随后融入黑暗中。　　　　　突然寂静。
　　　　他半抬起身,在枕头之间不寒而栗。

是什么征兆? 什么威胁? 什
么警示?

　　　　他在枕头之间瑟瑟发抖。

什么也没有了,只有这灼热
的洞。我还有什么要保护的
吗? 自暴自弃,难道如此严
重吗?

　　　　特写镜头:他摸摸脸、胳膊、肩膀、胸脯、
　　　　腹部。

不应该这样放任自流,本应
该早些采取预防措施,本应
该振作起来。
……也许还不算太迟?

　　　　摄像机展示特写镜头：

这些东面,还一直在呀:

　　　　他抚摩双腿,伸出并活动脚趾,重又抚
　　　　摩脸、鼻子、眼睛、额头。他的手紧紧抓
　　　　住被单一角。
　　　　他一直紧握被单一角。

我决定要做出一个决定。

　　　　只见他嘴唇嚅动,看见他"说话"。看见
　　　　他下半张脸。接着是一只恐惧的圆睁
　　　　的眼睛。一盏煤油灯发出光亮。

我等待黎明。

　　　　黑暗。

我重又意识到光阴。

　　　　黑暗。

这样就好多了。

　　　　黑暗。

天一亮,我就重新开始工作。

　　　　黑暗。

我要出门,要到处奔波。

　　　　黑暗。

画外音　画面　　　　　　　　　　　　音响

还像从前那样。

　　　黑暗。

要再学习。从哪方面入手
呢？

　　　黑暗。

要有方法。

　　　黑暗。

首先,我……

　　　或者:a) 在一半幕布上出现以下画面,
　　　而在另一半幕布上则表现人物那张脏
　　　兮兮的没有刮干净的脸、两只惊恐的眼
　　　睛,以便让观众明白,他并没有做,而是
　　　想象画面上展现的行为;
　　　或者:b) 整个幕布映现以下画面,但是
　　　叠印在久卧破床的人物身上。

不,首先……

　　　人物打开窗户,照进清晨的阳光。凌乱　走音的鸡鸣,或
　　　的房间。一名清洁女工(快镜头)在　者一只老公鸡的
　　　打扫。　　　　　　　　　　　　　　　鸣叫。不清晰的
　　　　　　　　　　　　　　　　　　　　　军号声。

被单要干净……

91

人物对清洁女工说话。床铺突然收拾
整齐。房间打扫洁净了。

阳光灿烂。

他打开房门,走下楼梯。打开一条走廊
的门。另一条走廊。打开另一道门。 门扇吱咯作响。

快镜头:他穿过一座院子,来到一片牧
场,跨过一道栅栏或篱笆,通过溪流上
的小桥。三岔路口。他走上右侧的那
条路。

我还要爬上山坡。

他站在山丘上:一座农场、一个蓝房顶
小村庄,在阳光照耀下的景象。他在一 像开场那种歌
座小教堂旁边,他在一片田地上唱歌。 曲,但是更沙哑,
他站在过铁道的天桥上。火车头的滚 更刺耳。
滚浓烟将他笼罩。

我要过一种积极的生活。劳
累过度,是缺乏行动……缺
乏意志。

我已经明白了这一点。

房间(始终画面重叠)。他穿袜子。他
光着上半身;面对梳洗台、脸盆,手拿一
把保险剃刀,对着镜子刮脸。他只穿着
衬衣,然后扎上一条大白点子花的蓝领

画外音　画面	音响

带。只见他收起门口的信件。

他拆开信封看信,坐到桌前,写了又写, 　滑稽快速的音乐。

写了又写。(以上画面全用快镜头)

必须按照轻重缓急来答复。

　　　重叠终止。他独自躺在床上(半明半暗

　　　或昏暗)。

我真希望马上开始。 　　　　　　　　　　音乐节奏慢下

必须等待天亮。 　　　　　　　　　　　来,断断续续,难

真是急不可待。 　　　　　　　　　　　以为继了。随后

　　　　　　　　　　　　　　　　　寂静下来。

　　　他身穿肮脏的睡衣,从扶手椅走到

　　　窗口。

我等待天亮,随时准备冲

出去。

　　　他坐到扶手椅上。他走向床铺,拿了一

　　　条毯子,回到椅子。他又返身到床铺,

　　　拿了一个枕头,回到椅子,又返身到床

　　　铺,从枕头下取了一条手绢,再回到椅

　　　子,坐了下来。他擦拭额头,却浑身发

　　　抖。他盖上毯子。他觉得太热,便掀开

　　　一半。

我等待天亮,天亮。

画外音	画面	音响

他在扶手椅上试图抽烟。

黑夜真漫长啊。我经历了极
其糟糕的时刻。现在我要重
新开始。新的一天,一种全
新的生活。

他坐在扶手椅上,掐灭了香烟。又后悔　无音乐。
灭掉香烟,想要重新点着,再吸一大口,　寂静中。
但是手边没有火柴,便扔掉香烟。
寂静的时刻。
他一动不动。继而说道:

行动。完全在于意志。
有志者,事竟成。
有志者,事竟成。
事成者,即有志。
想有所为,便有所为:

只见他的嘴唇,只见他在重复,含混不
清地讲这句话,但是他那张脸却木然。

嗯,从明天起,就必须重新开
始,对,但必须讲究方式方
法。首先明天,而且天天如
此,我……

只见他穿袜子,然后走向脸盆洗脸。

　　　　只见他写东西(画面消失)。

其次……

其次,我要去……

　　　　只见他在客店的大厅里,独自一人,在
　　　　一张巨大的餐桌前喝咖啡(画面结束)。

不,不是这样,我还是……

　　　　只见他在自己房间里喝咖啡,然后忙
　　　　扑向屋里的小桌子,写起来……(画面
　　　　结束)。

不,还是这样:

　　　　只见他兴致勃勃地分拣信件,拿起一支　　无音乐。
　　　　自来水笔;开始写回信;他写道:　　　　寂静中。

亲爱的先生,

在两年前,我们那次电话交

谈之后……

　　　　(画面消失)

不,首先

　　　　只见他在刮胡子,三秒钟之后,他就扑
　　　　过去,分拣来函,又开始写信答复,
　　　　说道:

亲爱的小姐，

关于拟定中的合同，自我们

上次电话交谈之后……

不。

　　　　　他分拣来函，再过去刮胡子……

我刮完胡子再写信……

　　　　　继而，又见他扑向房门，打开，重又关

　　　　　上，返身回来。

　　　　　他分拣来函，开始写信答复，急忙过去

　　　　　刮胡子，又丢下剃刀……

出门去。

　　　　　他重又走向房门，打开又关上；再走向

　　　　　窗户，打开又关上；再走向房门，打开又

　　　　　关上；窗户、房门，抓起剃刀……丢下剃

　　　　　刀……

先做什么好呢？

　　　　　又见他坐在扶手椅上。

　　　　　继而，他闭上眼睛，仿佛睡了两秒钟。

　　　　　他重又睁开眼睛。

穿上鞋……必须有意愿。

　　　　　只见他穿鞋，分解动作，十分缓慢。脚

　　　　　穿进鞋里。

难道我真的愿意重新站起

来吗？

　　　　只见他重又坐到扶手椅上。

我能有足够的意愿吗？别人

是怎么生活……存活的呢？

我本人是怎么做的呢？我是

怎么活过来的呢？我有重新

开始的意愿吗？

我本身哪方面最强有力呢？

是要从头再来的部分，还是

要完全放弃的部分呢？

活下去没有理由，不活下去

也没有理由。真有深不可测

的无理性吗？深不可测……

深不可测……

有微不足道的理由……

没有理由的理由，没有理

由……

事后总能找出理由。我在自

身也能找出来！我要自发地

做出一种选择……

　　　　挣扎着要起来。他合上眼睑。

　　　　镜头移向窗户。灰白色的晨曦升起。

画外音　画面	音响

镜头对准拂晓的景象:几颗星还依稀可见,继而隐没了。天色由深灰变为灰白。看见一片田野。

接着,镜头不再对着窗户,而仅仅表现景物:始终是田野,一片片延展的田野。

人物脚步非常缓慢,走向窗户。他打开窗户。关上窗户。重又打开。久久眺望开阔而凄迷的田野。观望景物持续相当久。

清晨轻微的声响:一只公鸡鸣叫,远处传来的人声,一辆大车的车轮声,相当微弱的赶车的吆喝声。

人物闭上眼睛,接着又强迫自己观看景物。无比伤感的神情。

再也看不见了。

他拖着脚步,走到扶手椅边坐下,合上眼睛。继而,他撑着扶手,吃力地站起来,又倒下,站起来,又倒下,重又站起来。

他气喘吁吁。重又走向窗户。打开窗户。景物变了:灰色的灌木丛、犁起的垄沟、几棵杨树(或者其他树木)、乌云。

景物渐远,又渐近,近至咫尺,仿佛跳入他的眼帘,重新组合,重新成形。

景物画面的变幻,可以看见局部特写:

模糊的声响,一种刺耳的声音。寂静。

画外音　画面	音响

　　一棵荆棘、一个农夫、一棵树、一块田地
　　等等,继而又是全景。

　　清晨景物的变幻:景物可以流动,好似　　波涛声。
　　波涛汹涌的大海。景物这样变幻引起
　　人物恶心。　　　　　　　　　　　　　　寂静。

　　他扭过头去,继而完全转身,背对窗户。
　　人物在扶手椅和镜子之间犹豫。他照
　　镜子,摸了摸没有刮胡子的面颊。

这日子犹如没有上帝也没有
宽恕的星期天。

　　他伫立在镜子前的长长镜头。只见他
　　肩膀颤抖,继而(从背后)看到人物俯
　　身,弯曲下去,又挺起来。

一支香烟!
不,
一支香烟抽完之后又该干什
么呢?
另外一支……随后又……

　　　　背影。

每分钟等待下一分钟,下一
分钟来了,还是为了等另一
分钟……这就是时间,全部
时间。

人物转身背对镜子,仿佛不想照镜子
了。有三秒钟,他伫立不动,寂静无声。

喏,我自己订的行动计划。

伫立。

他脱掉旧便袍,他的睡衣。

他穿着短裤,原地不动呆了一会儿。然
后走向床铺,从床脚拿起长裤。起初穿
反了,发觉错了又脱下来。动作急躁。
他倒过来重又穿上裤子,给人的印象是
他不会穿衣服了。

他走向房门,在门边拿起鞋子,光脚穿
进去,却穿错了脚,再换过来,终于穿
上鞋子;接着,他走向壁纸破损的墙
壁,拿起另一只鞋,一只手扶着墙,终
于穿上。

再也不应该鄙弃当下。必须
热爱当下。要感到无拘无
束。此时此刻,必须在自己
家里。

他穿好鞋子。

他从床铺和房门之间的地上拾起(或从
衣架取下)外套,戴上一顶旧帽子。他
走过去开门。

他吃力地打开房门,抓住门把手,身子朝后仰,呆了一会儿才放开,然后,昏头昏脑地决定外出。

房门啪的一声。镜头从房间对着重又关上的房门,接着扫视整个空荡荡的贫寒的房间;再次移向房门。

只见人物站在楼梯上面的平台上,这是他居住的两层楼小公寓的楼梯。他梦游似的走下一级,接着又走下一级。镜头从楼梯上端移下去,只见看门人抬眼望着人物。

接着,看门人特写镜头。看门人回身叫他老婆。

看门人:

喂,约瑟芬。

看门人妻子:

来啦……

出现一个肥胖女人。看门人示意她往上瞧。她抬眼望去。相应动作与表情。镜头移向人物。再移向看门人夫妇,又移向人物。

人物走下楼梯。看门人夫妇惊讶并嫌恶地看着他。

看门人夫妇注视他,只见他迈下最后一

画外音 画面	音响

级。他转向看门人夫妇,笨拙地掀了掀帽子,无言地向他们致意。

看门人夫妇耸耸肩膀,答以半嘲讽、半惊讶的冷笑。

人物来到院子。看门人夫妇则站在门口。人物推开院子(围墙)的门。看门人夫妇消失了。　门扇吱咯声。

狗低声吼叫,倒退着走开。　一只狗低吼。

一只猫逃开。　猫叫声。

人物往前走,来到溪流旧洗衣处旁边的小桥上。

他想要点燃一支烟,又扔掉了,望了望天空,下雨了吗?人物站在小桥上有点晕,他还是走到溪流对岸,靠到一棵树的树干上。

周围景物。他走上一条由绿篱夹护的低洼路。泥淖、水洼。他低头看沾满泥　树木轻微的唰的鞋子。鞋子的特写镜头。接着,他冷　唰声。得发抖,摸了摸完全打湿的外套、帽子,在低洼路上自言自语。

我的外套不挡雨。帽子也不　树叶、灌木丛的挡雨。　沙沙声。

他边走边说。

画外音　画面	音响

再走一段路,就能走到大路了。大路至少是干爽的。我会碰见一个赶车的农民,捎脚把我拉到圣母堂乡,朝火车站方向有三公里远。

再不然就去博普雷。我从那里总能设法到达专区……

在这小镇上我能干什么……

   一只动物哀号。

  他艰难地行走,以便避开大泥坑。

   细雨声(或不设置),视摄制的可能性而定。

专区区长是我的老同学。

  他还在行走。

他也许离开了职位。

  他仍在行走。

在博普雷,我有朋友,他们开一家大型食品杂货店。

  他仍在行走。

他们都是非常开朗的人……

  他仍在行走。

非常开朗……

  他仍在行走。

  他仍在行走。

　　　他停下一会儿,脸上流露出一种希望之
　　　光,隐约可见,片刻时间近镜头。　　　　　他走在水洼里的
　　　　　　　　　　　　　　　　　　　　　脚步声。
我就去找他们。

　　　继而,又见他走路有点驼背了。

也许一个农民捎脚,会把我
拉到圣母堂乡。我再上火
车……

　　　他仍在行走。

一旦上了火车,世界就敞开
了……

　　　他吃力地行走,脚下打滑,险些跌倒。

我就不应该走这条坏路……

　　　他往前走。
　　　他抬起头。
　　　只见在远处灰暗的田野中间,出现一条
　　　白线。

大路……人来人往。
会有人帮助我的……

　　　他朝大路走去。
　　　镜头时而对准人物,时而移向逐渐靠近
　　　的大路。

会把我救出去的……

　　　　他走向大路。

把我从什么救出去呢？

　　　　大路近在眼前。

　　　　他就要赶到大路，却遇见一个更大的水
　　　　坑，积满了水。

　　　　他试图绕过水坑。他走到路边，顺手抓
　　　　住灌木的茎。

　　　　大路上，他瞧见一个汉子赶着一辆
　　　　大车。

喂，汉子……

　　　　镜头对准那汉子和大车。他使把力气
　　　　要走快些，赶上那汉子和大车。那汉子
　　　　驾车继续赶路。

喂，汉子……

　　　　主人公一直抓着灌木。他使劲要走快   风声带走他的话。
　　　　些，又滑了一跤，在灌木丛（或芦苇丛）
　　　　边上摔了个大马趴。帽子落地滚动，被   从摔倒的身体发
　　　　草木挂住。他趴在地上半晌不动。   出细微的声响。

歇息一下……

噢！这湿地如果热乎……那

就好极了。

画外音　画面	音响

他用力翻身,非常吃力。他终于翻转过来。他双臂交叉,又那样仰面躺着。

他躺在灌木丛和大水洼之间。

近镜头:脸部、双臂交叉的上半身,接着全身。

稀疏的草木(如果可能,是芦苇)细微的声响。

假期……什么,什么也不想了……

不想,不想,不想什么了……

他深呼吸。

脑子里完全空了……

又深呼吸。

脑子里完全空了……感觉很好……

他失去知觉。

近镜头:躺着的人物;近镜头:景物。

人物没有知觉。

镜头移向他,移向灌木丛,又移向水洼。

雨点落到人物的脸上。寂静中,长时间切换不同画面。

无音乐,或者有非常细微的具体声响:人物的叹息、风声、汩汩水声。

寂静。

他醒过来,睁开眼睛。上面是阴沉的
天空。

我在这儿躺了多长时间啦?

一阵微风吹得芦
苇(或其他植物,
或灌木丛)沙沙
作响。

他闭上眼睛,重又睁开。
他一直躺着。一只蟾蜍(在一片睡莲叶
上)在右边注视他,随后猛一跳离开。
天上盘旋着一只猛禽。
镜头回到人物身上。
(继而,雾气越来越浓。)人物发冷。他
啜泣起来。

真想大哭一场。
有什么人死了吗?
我哀悼死去的这个人。

人物一直躺着。

我本人是从哪儿来的啊!
哦,对了,从客店来的。我若
是回去呢……为什么离开
呢?我就不应该贸然出门。

他试图站起来。`

啊,高烧把这床铺焐热了……
我就不应该出走。

他吃力地用一只膝盖跪起来,又铆足了
劲,才总算站起来。
他站在原地。

要返回客店,还得登上那面
山坡。
太艰难了。

人物站在原地,游移不决。

有一条斜插道,能绕回去。
可是,那条道在哪儿啊!

人物站在原地,游移不决。他拨开枝
条,重又上路,在一片芦苇(灌木丛)中
辨别方向。

然而从前,那条道我经常走。

他在灌木丛(芦苇丛)中辨别方向,或者
穿过田野,视地势而定。他朝左边走
去,拨开树枝(或草茎),并不见路。　　　草木细微的声响。
人物艰难地往前行走。

路啊……

他吃力地往前走,寻找。

路啊……

他在山谷里走了很长时间……

画外音　画面　　　　　　　　　　音响

夜幕降临。

深夜来临。

他在行走,眼睛闭着。

又是拂晓,白天。

他走了很久,一直在行走。

镜头对准他,对准景物:在他行走期间,
不知不觉景物在变。

雾气弥漫。

雾气逐渐消散(如果技术条件不具备,
可以不安排雾气的场景)。以人物为中
心的景物一直在变:芦苇、沼泽地、树
木、一道栅栏、矮树林、一道绿篱、一道
栅栏(景物细部的近镜头)。

镜头对准人物的双腿,看到他的双脚,
他脚步十分沉重。

咦,行走机械在运转。

他身体滞重地往前走,只见他的双脚、
他的下半身;他走路如同一个梦游者。

我的身体尽管麻木了,还是
感到难受。

只见他的肩膀。　　　　　　从泥中拔出来的

他绊到一个土块,滑倒,又站起来;他就　阴森的脚步声。

像一尊黏糊糊的雕像在行走,两条手臂

好似钟摆一样摆动。

（人物的行走，给人的感觉应该持续了几天几夜。）

他停下一会儿，观赏风景。

（镜头对准全景，缓慢地转动，从一个方向移到另一个方向。）

世界还是原来的……

人物站在那里，自转一周。

不过，还是减少了几样东西……

眺望景物。

芳香……我闻不到了……

他走了几步，站住。他又走了几步，又站住。他行走更加艰难。他用手"劈开"空气，就好像空气是一种坚硬的物质。他越走越困难，撞击着空气；最后几步用慢镜头。

忽然，看到他双腿弯曲，倒了下去。

他不由自主地还想爬起来，又滑倒了。

他放弃了。

他缓慢地仰面躺下。

在这里不见得更糟……

　　　　　　躺着。

这样缅怀一切，缅怀生
活……

　　　　　　仰面躺着。

这是没有时刻的一天。

　　　　　　仰面躺着。

我的头脑空虚，却充满一种
无限的辛酸的怀念，一种令
人心碎的忧伤，一种对我所
爱过的一切的怜悯……怜悯
我所爱过的一切，我所拥抱
过的一切。

　　　　　　仰面躺着，微微抬起身体，双臂紧紧搂
　　　　　　住幻影：一个身影模糊的女人、一座房
　　　　　　子、一条路。

我要把手臂伸向我所营造
的，要对我的双脚践踏过
的土地，对那些催告书表
示遗憾。

　　　　　　不见人物，镜头展示其他道路、住户的
　　　　　　屋内：家中有人（三个人，一女两男），围
　　　　　　坐在一张灯火明亮的桌子旁；另外一些

人(一位老妇、一个孩子)坐在壁炉前。

所有这一切,所有这一切。

画面出现古老的墙壁、一片森林、一道
山谷、一座白色的高山、一座绿色的山、　尖细而怀旧的
一轮初升的太阳;五颜六色:红、黄、　　音乐。
蓝……深浅不同的灰色……

所有这一切。
为沉默了的音乐,
为忘却了的声音……　　　　　　　　　　　窃窃私语。

一场舞会,粉红裙子飞旋的画面。

从前啊……

春日景象。
长时间镜头。
粉红裙子飞旋。

从前,各种芳香……

画面再次展示花园、一条河、一座城市　重又开始下雨的
的桥梁、远处一座城市的灯火;继而,展　声音。
示一条灯火明亮的街道、行人、车辆、明
亮的店铺等等。

雨能安抚人!

画面再现躺着的人物。　　　　　　　　　树叶的沙沙声。

112

画外音　画面　　　　　　　　　　**音响**

雨是一种镇痛剂……

　　　　同样姿态。

　　　　大海、一张脸。只有大海。

　　　　落日。

　　　　几个孩子欢笑着玩耍。

　　　　一个女人。

　　　　一对情侣。

　　　　咖啡馆里,顾客夸夸其谈。

　　　　再现躺着的人物。

这些,我已经历过。

或者,这仅仅是一场梦。

　　　　人物仰面躺着。

也许,我只不过梦想过这一
切。也许,我一直生活在其
中。再不然,这个世界,我就
从未经历过。

　　　　人物仰面躺着。

也许,这仅仅是别人向我讲
述的事情。也许,我把另一
个人的回忆当成了我自己的
经历。也许,我重又经历另
一个人的回忆。

画外音　画面　　　　　　　　　　　　　　　音响

人物始终躺着。

当初,我真的愿意攀登一座
高山吗?

只见他年纪轻轻,在一个晴朗的早晨。
他离开了家门,走在一座深深的山谷
里。他手上拿着一根轻棒,脚步轻快地
往前走;他过了小桥,来到一条陡峭的
小道。从树木的枝叶间能看见蓝天。

那是八月。

他出现在田野间的岔路口。
一块林间空地。
一条路上走来一位老妇人。

老妇人:
你去哪里?

镜头移向对面一条路。
他往前走,周围的树木更加细长,更加　　传来人声。他越
稀疏了。他行走。　　　　　　　　　　　往前走,人声越
　　　　　　　　　　　　　　　　　　　弱,继而,只能远
他行走。　　　　　　　　　　　　　　　远听见,直到听
　　　　　　　　　　　　　　　　　　　不见了。

他行走。道路碎石更多。树木更稀
疏了。

114

当时我有旅伴一直陪我走到
那里吗?

　　　他行走。山坡越来越陡。他出汗了。

我想起来了,或者,有人对我
讲过吧?

有人对我讲过吧?

　　　猛然间,土地更加萧索……他看到齿轨
　　　铁道。

　　　(举例。)

　　　人物俯瞰的山谷的镜头。接着,他又继
　　　续赶路,路更加崎岖难行了。景物随着
　　　他行走而变化:不见树木了,没有碎石
　　　了,一块碎石落下,地面干硬。继而,他
　　　往上攀援,必须抓住晒焦的草丛,后来
　　　又抓住岩石。他手脚并用,继续攀登。

　　　他攀登,攀登。

　　　突然,看见了半山腰。

　　　山的镜头。

　　　人物的镜头。

　　　接着,人物面对高山的峭壁。

　　　又见人物,面对峭壁,开始变老了。

啊,瞧瞧巍峨的山峰。

　　　他努力攀登。他的双手满是鲜血。

我不应该停下来。

　　他不放手,继续,继续攀登。

干渴……

　　他一直在攀登。只见他紧紧抓住岩石,
　　他的双脚、满是鲜血的双手的镜头。在
　　越来越高的山中,他面前一片荒芜。

我连汗也不出了。干渴吸干
了我的喉咙、我的口腔、我的
内脏。我的耳朵嗡鸣。我知
道我切勿停下。

　　他攀登。
　　他攀登。
　　他攀登。

我已经不行了,不是为了喝
水,而是为了想象一眼泉水,
噢,稍微停一停。

　　他攀登的速度慢下来,也越来越泄
　　气了。

有一个安居的地点。

　　回忆的画面:夏日的一个房间,阳光透
　　进百叶窗。一眼清泉,周围长满青草、
　　枝叶繁茂的树木。

　　　　镜头重又移向房舍,外观,内况。室内
　　　　陈设很舒适。随后,又展示一条河。
　　　　继而,镜头切换到人物:他攀登越来越
　　　　吃力了。
　　　　光秃秃的高山。

避一避这种烤晒。喝一杯水。

　　　　他攀登。

也许我可以再下山。返回
几步。

　　　　出现一间小木屋。
　　　　小木屋。

返回几步,那里有一间小
木屋。

　　　　他继续攀登。他已经老了。他脚下打
　　　　滑。他穿越树林。他跑下山坡。他到
　　　　达潮湿的土地:水塘、平川上潮湿的
　　　　土地。

难道这是记忆?
回忆一种记忆?

　　　　又见人物仰面躺在沼泽地里,或在一大
　　　　片水洼里。

我跌倒了。

　　　　人物的各种镜头。

正因为如此,我才仰面躺在
这里!

　　　　可以看到他全身泡在沼泽地的水里。
　　　　他的后背、两条腿、脑袋、半个身子,一
　　　　张脸的细部特写镜头:前额、眼睛、嘴巴
　　　　等等。

听见他说话:
从前我也是个孩子。　　　　　　　　　　　轻柔的音乐。
父亲抱着我,给我讲故事,我
们沿着一道道栅栏。那是城
郊。那是夜晚。

　　　　缀满星辰的天空。

我还记得那天空。

　　　　阳光灿烂的蓝天。　　　　　　　　怀旧的音乐。

从前阳光照耀的干燥的山峰。

　　　　山峰的画面。
　　　　(前面的三幅画面应持续较长时间。)
　　　　只见他闭着眼睛,脚缓慢地动了动,手
　　　　也缓慢地动了动。
　　　　镜头又移向景物,慢慢地环视景物。
　　　　他睁开眼睛。

画外音　画面　　　　　　　　　　　　　　　音响

我在这里有几个小时,几天
了……

　　　　听见他说话。
　　　　人物躺着。

我已经忘记从哪儿来的……

　　　　人物躺着。

摔倒了。摔了一跤吗?

　　　　人物躺着。

我一直就在这儿。

　　　　他的右手臂从肩头移开,沉在淤泥里。　胳膊落入泥水
　　　　臂肘的地方形成一个泥水坑。　　　　中,发出低沉的
　　　　那只手仍然露出水面,白白的,一动不　声响。
　　　　动,在一片扁圆的叶子上。

胳膊肘已经分解了吗?
泡在泥里和水里还一点没事
儿吗?

　　　　人物躺着。

这东西真的是我身上的吗?

　　　　一只青蛙靠近那只手,纵身一跳又不见
　　　　了。他端详戴着金戒指的手。左胳臂
　　　　还行。左手很脏。他端详左手。

（这一段可以删除）如果可能的话，就像活体解剖那样，一副肝脏扩大，侵占整个胸腔。肝脏持续攻击，挤压肺叶，几条肋骨断裂，皮肤绷紧。腹部增大，膨胀。观众看到这种情景，脑袋就好像长在这个人物的身上。

人物的幻象。

继而，只见人物使出全身气力，好把头转到右边。我们跟随他的目光，看见一只肥大的鞋，半掩在草木间（灯心草的根须）。

鞋子让大脚趾顶破了。

那只鞋是我的吗？

还有那脚趾呢？

　　人物躺着。

对，好像是我买的。

是我妻子买的吧？

　　转瞬即逝的幻象：一家鞋店，一个女子。

是我妻子还是我母亲呢？

　　人物躺着。

　　雾中出现一张微笑的女人脸。随后消失。

画外音　画面	音响

人物泛起一抹微笑。

躺在这里还不算太糟……不
算太糟。只是后背湿了。除
了这一点，还挺舒服……还
挺舒服……

　　　　人物躺着。

空气很沉重。

　　　　人物躺着。

雾气侵入我的肌肤。

　　　　只见他的胡子渐长。

脑瓜壳儿还顶得住。

　　　　人物躺着。

我的身体还挺好。

　　　　人物躺着。

是雾气供给我营养……
也许有几个星期了……

　　　　灯心草（或别的植物）随风起伏。沼泽　植物沙沙的声响。
　　　　地升起水雾。那只手敲打着扁圆的叶
　　　　子。他闭上眼睛。

我的耳朵。

画外音　画面	音响

人物躺着。断断续续的叫声。

幻象:火焰舔着墙壁,火场,大火,随后　　　耳鸣。

是空荡荡的大地。

一切都还秩序井然……

他又睁开眼睛。

幻见沼泽、草木。

人物躺着。

凸显左胳臂、臀部、腹部。　　　　　　　　细弱的声响。

只见一个风筝起飞,接着,镜头又移向

在雾气和水里的人物。

心脏……　　　　　　　　　　　　　　　听到极其缓慢的

心跳。

人物仰面躺着……

火焰的幻象,画面逐渐消融,归于一片　　　逐渐平息的叫喊

灰暗。　　　　　　　　　　　　　　　声与啜泣声。

我不过是纯粹的透明,一抹

在记录的意识……

他消失了,只剩下脑袋……眼睛的特写

镜头。看见人物的眼睛之所见:一些身

体残骸,草茎,沼泽。然后,整具身体消

失了……看起来就像一个模糊的轮

廓……只见眼睛。

不错,我把一切都搞砸了……

　　　　只见眼睛。

但我要从头再来,我要从头
再来……
自诞生,自胚胎起,一切将从
头再来。

　　　　他闭上眼睛。

我要从头再来。

　　　　雾气消散。
　　　　碧蓝的天空。
　　　　身体所在的位置空荡荡。

空 白

官宝荣　译

人物表

朋　友　　　让·德萨伊

院　士　　　皮埃尔·贝尔丹

院士夫人　　玛德莱娜·雷诺

女　仆

　　该剧于一九六六年三月十七日在奥德翁-法兰西剧院首演,导演让-路易·巴洛,布景雅克·诺埃尔。

布　景

　　一间大资产阶级气派而且有点"艺术家"气息的客厅。摆放着一张或几张长沙发、若干椅子,其中客厅正中的椅子是绿色的,摄政风格。墙上挂满了巨大的证书,证书上"荣誉博士"几个大字十分醒目,剩下的字体均模糊不清;其他证书上写着"荣誉博士";再小一些的证书上则是"博士学位""博士学位""博士学位""博士学位"。

　　观众席右边有一扇门。

　　幕启时,院士夫人身穿睡裙,相当简朴,甚至"随便";看上去她刚刚起床,还没来得及换衣服。衣冠楚楚的朋友站在她的面前,手里拿着帽子和雨伞,身上穿着僵硬的假领衬衣,深色的上装,笔挺的裤子,黑色的皮鞋。

夫　人　亲爱的朋友,就请快说吧。

朋　友　我真不知道怎么跟您说这件事。

夫　人　我懂了。

朋　友　我是昨天晚上得到消息的。我不想给您打电话。但我不能再等下去了。请原谅我把您从床上叫起来,给您转告这样的消息。

夫　人　他没能顺利通过! 多么不幸啊! 我们一直期待到最后一刻。

朋　友　这令人十分难受,我理解您;他还是有机会的。但说真的,机会并不多。我们应该料想到的。

夫　人　我没有料想到。他一向顺利。总能在最后一刻度过。

朋　友　在他那样的一种疲劳状态之下！您不该放任他去做的。

夫　人　您说怎么办，怎么办！……真可怕。

朋　友　勇敢点，亲爱的朋友，这就是生活。

夫　人　我觉得不舒服：我担心我会昏过去。

　　　　〔她瘫坐在一张椅子上。

朋　友　（扶住她，拍拍她的脸颊、双手）我跟您说事情的方法太粗
　　　　鲁了。对不起。

夫　人　您做得对，您应该这样做。不管怎样，我都得知道。

朋　友　您要喝杯水吗？（叫喊）来一杯水！（对夫人）我该更小心
　　　　地跟您说。

夫　人　事情也不会因此改变。

　　　　〔女仆端着一杯水上。

女　仆　出什么事啦？夫人不舒服吗？

朋　友　（接过水杯）您走吧，我来给她喝。会好的。我不得不告诉
　　　　她一个坏消息。

女　仆　是不是……先生？

朋　友　（对女仆）正是。您知道啦？

女　仆　我没有得到消息。眼下看见您的脸色，我明白了。

朋　友　您走吧。（女仆下，同时面带同情地说道）可怜的先生。

朋　友　（对夫人）您感觉好点了吗？

夫　人　我必须坚强。我在为他着想，这个可怜的人。我不想报纸
　　　　上谈论他。能够指望记者们会谨慎行事吗？

朋　友　把您家大门关上。别接电话。

夫　人　事情还是会给捅出去的。

朋　友　您可以去乡下。几个月之后,等您恢复了再回来,您就可以一如既往地生活。这一切都会被人忘掉。

夫　人　不会这么快就忘掉的。他们只盼着这个。有些朋友会痛心,可是其他人呢,其他人……

〔院士上。他身穿制服,腰佩长剑,胸前直至腰带挂满勋章。

院　士　咦,您醒啦?(对朋友)您来得真早。出什么事啦?您知道结果啦?

夫　人　真丢脸!

朋　友　(对夫人)不要责怪他,亲爱的朋友。(对院士)您考砸啦。

院　士　您肯定吗?

朋　友　您不该去参加高中毕业会考的。

院　士　会考考砸了!这群流氓!竟敢跟我来这个!

朋　友　他们到夜里很晚才公布结果。

院　士　如果天色暗的话,也许大家都看不见?那您是怎么看清楚的呢?

朋　友　有聚光灯呢。

院　士　他们竭尽全力要搞臭我。

朋　友　今天早上我又去啦;名单依然张贴在那儿呢。

院　士　您该买通门房,把名单撕下来。

朋　友　我是这么做啦。可惜啊!警察在那儿。您的名字位于落榜生之首。有人在排队。大家都争着看结果。

院　士　谁呀?学生家长吗?

朋　友　不光是家长。

夫　人　应该还有您的所有对手和同行。所有您在报刊上攻击过他们无知的那些人:往届的中小学生啦、大学生啦,以及所有那

些在您担任评委会主席期间因为您而被淘汰的报考教师资格
证书的人。

院　士　丢人啊。但我是不会善罢甘休的。也许是搞错啦。

朋　友　我去见过考官。跟他们谈了。他们把您的成绩告诉了我。
数学零分。

院　士　我又不是科学家。

朋　友　希腊文零分,拉丁文零分。

夫　人　(对丈夫)您呢,一名人文学者,人文主义的代言人,《捍卫
与光大人文主义》的作者!

院　士　对不起!这本书谈的是现代人文主义。(对朋友)法语呢?
作文多少分?

朋　友　给了您九百分。九百分。

院　士　好极啦。这就与其他科目扯平啦。

朋　友　可惜,并没有!总分是两千分。必须达到一千分才及格。

院　士　他们改变了规则。

夫　人　他们一点点也不是因为您而故意改变规则的。您老想着
别人在迫害您。

院　士　就是的,他们就是故意改变。

朋　友　他们用回了以往的规则,拿破仑时代的规则。

院　士　过时了嘛。首先,他们什么时候改变这项规则的? 这不合
法。我是教育部中学毕业会考委员会主任。他们没有征求过
我的意见,他们没权不经过我同意就改变规则。我要到行政法
院告他们。

夫　人　亲爱的,您不清楚自己在做什么。您老朽啦。您在参加会
考之前已经主动辞职,为的是不让人怀疑考官的公正性。

院　士　我要收回辞呈。

朋　友　您在说孩子话。您很清楚这不可能。

夫　人　您的失败已经不再让我感到吃惊。当一个人只有儿童的智力时,是不应去参加成年人的考试的,比如会考。

院　士　可我还是跟其余两百名考生一起参加了这场会考,他们都可以当我的儿女了。

朋　友　别夸张啦,您可当不了几百个大学生的父亲。

院　士　可这个并不能够安慰我啊。

夫　人　你①本不该去参加考试的。我早就跟你说过。没必要。你想在所有方面都功成名就,从不知足。你要这张文凭做什么?现在呢,全完啦。无论如何,这事糟糕透了。你有博士学位,学士学位,有小学毕业文凭,有初中学习证书,甚至还通过了会考的第一部分。

院　士　但还是有一项空白。

夫　人　谁也不会察觉的呀。

院　士　我呢,我可心中有数。别人也有可能发觉。我去过大学秘书处,要他们给我开具一张学士学位证书的复本。他们跟我说:"没问题,好的,院士先生;好的,主任先生;好的,院长先生……"然后他们便去查询。秘书长面有难色地回来,甚至十分地为难。他跟我说:"有点奇怪,是件怪事,您确实获得了学士学位,可它是无效的。"自然啦,我问了他原因。他回答我说:"在您的学士学位之前有一项空白。我不知道怎么会有这种事的。您在文学院注册时还没有通过会考的第二部分。"

朋　友　然后呢?

夫　人　学士学位无效了?

院　士　无效。嗯,并非完全这样。他们暂时停止了文凭的效力。

---

① 在此夫人改用"你"来称呼院士,似有轻蔑之意。

"只要您参加会考,我们就给您颁发您要的文凭复件。自然喽,您肯定能通过啦。"因此,我不得不去参加考试。

夫　人　你根本就不是被迫的。你为什么要去翻档案呢?像你这种情况,并不需要这张文凭。谁也不会问你要什么的。

院　士　说真的,当大学秘书对我说我没有高中文凭时,我回答说不可能。我不是很清楚。我努力地回忆。我参加过会考吗?我难道没有参加过吗?最后,我想起来了,我确实没有参加过。我记得很清楚,那一天我得了感冒。

夫　人　你是喝醉啦,那是常有的事。

朋　友　亲爱的朋友,您丈夫想补掉空白。他是认真的。

女　人　您不了解他。完全不是这样。他要的是荣耀,他要的是名誉。他从来就没个够。他想把这张大学文凭挂在墙上,挂在几十张其他文凭之间。可是多一张文凭少一张文凭又能怎样?没有人注意的。只有他独自一人夜里去观赏,常常给我逮着。他从床上起来,踮着脚走进这间客厅,注视着这些文凭,数着这些文凭。

院　士　我失眠的时候,除了这个还能做什么呢?

朋　友　会考的题目常常事先就知道。您处在令人称羡的位置上,可以知道这些题目。您也可以派个代表去替您考试。派一名您的学生。或者,要是您愿意,也可以亲自去参加考试,但不让别人知道您事先已经知道了题目。您应该派女仆到出售考题的黑市上去买。

院　士　我不明白自己怎么会在法语上考砸了。怎么着我也写满了三张纸。我进行了发挥,考虑到历史背景,我还对形势做了一番准确的解释……至少是过得去的。我的分数不应该那么低。

朋　友　您还记得题目吗？

院　士　嗯……嗯……

朋　友　他甚至不再知道自己在说什么。

院　士　知道的……嗯……嗯……

朋　友　论述的题目是：文艺复兴时期的画家对法国第三共和国小说家的影响。我这里有一份您的考卷的复件。这就是您写的东西。

院　士　（拿过复件，读道）"贝雅明诉讼案：贝雅明被判无罪释放后，陪审员们不同意审判结果，与审判长发生对抗。他们暗杀了审判长，宣判中止贝雅明的公民权，重罚九百法郎……"

朋　友　所以得了九百分。

院　士　（继续读下去）"贝雅明上诉，贝雅明上诉……"下面的我看不清，我的字总是写得很糟糕，我本该把打字机带去的。

夫　人　这些乱七八糟的字、这些涂涂改改和乱作一团的东西可解决不了问题。

院　士　（从夫人手里拿回被她夺过去的稿子，继续读下去）"……贝雅明上诉。被身穿佐阿夫军服①的警察们夹住，佐阿夫军服……"光线太暗了，我看不清下面的字……我没戴眼镜。

夫　人　这些绝对与主题无关。

朋　友　您夫人说得对，我亲爱的。您所议论的与主题毫无关系。

院　士　有关系，间接的关系。

朋　友　甚至间接的关系也没有。

院　士　也许我写了第二道题目。

朋　友　只有一道题目。

院　士　即使只有一道题目，我还是相当得体地讨论了另一道题

---

① Zouave，19世纪法国驻非洲的一支军队。

目。我把历史都穷尽了。我把所有都突出了,我解释了人物的性格,我强调了他们的行为,消除了对这一行为意义的误解。最后还有结论。我看不清其余的。(对朋友)您能读得出吗?

朋　友　(读文章)辨认不清。我也没戴眼镜。

夫　人　(拿过文章)辨认不清。可是我呢,有一双好眼睛。你装模作样地写些东西,胡乱涂鸦。

院　士　不对。我甚至还写了结论。你看,这里还用大写标记着呢:结论或定论①。结论或定论。事情不能这样算了。我要让人废除这次考试。

夫　人　既然你答偏了题目,而且写得很糟,只是一些条条杠杠,这个分数呢,不幸得很,是说得通的。你会输了官司。

朋　友　您会输的。您就放弃吧。度假去吧。

院　士　你们总是说别人有理。

夫　人　这些教授,他们是明白人,不是无缘无故地被任命为教授的。他们经历过考试,受到过十分扎实的教育,他们了解作文的规则。

院　士　评委都有哪些人?

朋　友　数学是比诺姆夫人,希腊文是卡科斯先生,拉丁文是小尼禄先生,还有其他人。

院　士　可是他们这些人并不比我更在行! 法语呢?

朋　友　一位女士,《昨天、前天和今天》杂志的编委会秘书。

院　士　啊! 现在我可明白了。这个可怜的女人,我可太了解她了。她给我打这么低的分是为了报复。我没有同意加入她所在的党。她给我低分就是为了报复。我有办法废除这次考试。

---

① Sanction,既有"结果、定论"之意,又有"制裁、惩罚"等意,为剧作家的一种文字游戏。

我要给国家元首打电话。

夫　人　别这么做,你会把自己搞得更可笑的。(对朋友)阻止他。
您比我对他更有权威。(朋友耸耸肩,表示无能为力。对已经
摘下话筒的丈夫)不要打电话。

院　士　(对夫人)我知道应该做什么!(对话筒)喂!总统府……
总统府……您好,小姐,我想跟总统说话。跟总统本人。个人
私事。喂!于勒吗?……是我呀……怎么?……怎么?……
嗨,瞧瞧,亲爱的朋友……嗨,您听我说……喂!……

夫　人　是他吗?

院　士　(对夫人)住嘴。(对话筒)亲爱的朋友,您在开玩笑吧……
您没在开玩笑?

〔他放下话筒。

朋　友　他说什么啦?

院　士　他说,他说……"我不再想跟您说话了。我妈妈不准我跟
班级里考最后几名的同学来往。"说完他就挂断了!

夫　人　你本该料想到的。全完啦。你都给我干了什么好事啦?
你给我干了什么好事啦?

院　士　无论如何,我可是在索邦大学、牛津大学、美国各个大学做
过讲座的!有成千上万篇关于我的作品的论文,有成百上千个
学者在研究我的作品,我是阿姆斯特丹大学的名誉博士,卢森
堡大公国那些秘密大学的名誉博士,我三次获得诺贝尔奖。瑞
典国王为我的博学而惊叹。名誉博士……名誉博士……竟然
考不出高中文凭!

夫　人　所有人都会嘲笑我们!

〔院士将院士剑在膝盖上折断。

朋　友　(倾过身去拿起两段断剑)我要把这些珍藏起来,以纪念我

们以往的荣耀。

〔院士愤怒地将勋章摘掉,扔在地上,用脚践踏。

夫　人　(试图阻止他,尽可能将勋章捡起来)别这样!别这样!我
们就剩下这些啦。

幕　落

该娶妻的青年

电视芭蕾舞剧脚本

桂裕芳　译

人物表

父　亲

母　亲

姐　姐

岳　父

岳　母

未婚妻(第一位,第二位,第三位,第四位,可能还有第五位,第
六位,等等。未婚妻由同一芭蕾舞演员扮演,只是在最后几场中有
好几位未婚妻同时上场)

新　娘

青　年

祖　父

祖　母

　　本芭蕾舞剧于一九六五年二月由丹麦电视台制作,合作者为巴
黎歌剧院的若塞特·阿米埃尔与弗莱明·弗兰特。导演与编舞为
弗莱明·弗兰特。

显得陈旧的资产者的住所:旧安乐椅上有锈斑,墙壁上有几分肮脏。入口在台底和右边。左边和右边另有几扇门。台底的门最有气派。青年坐在舞台中央的一张椅子上,帽子压得很低,戴着上过浆的假领、手套、黑色领带,穿着漆皮鞋、燕尾服、条纹长裤,纽扣孔上插着一朵白色的山茶花。

家里人围着他,父亲在中央,祖父坐在轮椅上,稍稍靠边。这是一个资产者家庭,有点衰落或破败,但很傲慢。这从化装过度或戴假面具的面孔上反映出来。这家所有的人都有一个特点,例如:大鼻子或大下巴,或兼而有之。他们的头发是同一种颜色。稍后,岳父母将上场。那是上升的小资产阶级,个子矮胖(而青年这一家人身材修长);岳父母挺着肚子,泛着红光的圆脸喜气洋洋,对自己很满意。

幕布拉开时,人物凝定片刻,接着,母亲蓬着头,来到儿子面前哀求他。哀求的舞蹈。姐姐试图和他讲道理。祖父坐在轮椅上想靠近青年。祖母拦住他,让他回到原先的位置上。作为对青年的忠告,他唱了一支与眼前情况毫无关系的、荒谬的歌曲。最后,父亲也走到台前来劝说儿子。他的步伐庄重而愤怒,他来到青年面前站住了,只是用手臂的动作来教训他。全家人在原地用有节奏的动作来回应和附和父亲没有词句的语言。在这场戏中,青年对每位家人都一概拒绝,他皱着眉头,顽冥不化。他摇头拒绝,只动动上半身。他走一两步,然后重新坐下。在与父亲争执以后,儿子出于厌烦而答应了。全家人的集体动作表达出惶恐的希望或不确定的宽慰。

几个舞步表明青年带着几分犹疑赞同了,他又去坐下,姿势与幕启时一样。父亲又走到台前要求儿子更明确地表示赞同。青年觉得厌烦,坐着点点头。他站起来,又点了好几次头,但身体不动。头部的舞蹈。儿子和父亲的头舞。全家人附和性的头舞。接着,全家人爆发了更大的欢乐,手和手臂与头部和上半身相配合的集体动作。

岳父母上场了。父母朝他们走了几步,并不完全是迎上去,仿佛被大资产阶级与小资产阶级之间那堵看不见的偏见之墙挡住了。然后父母回到原来的位置。岳父手里拿着一束花,走近青年,将青年纽扣孔上的花取下,然后退后。在这整段时间里,青年一直稳坐在安乐椅上,对发生的事漠不关心。

新娘在乏味的音乐声中来到了。她在她父母进来的那扇门里出现。她穿着婚服,羞涩地在台上走了两三步。她停住了。她戴着面具。面具使人有几分不快。但父母似乎满意。

青年站起来,瞧着新娘;台上所有的人都看着他。他摇摇头,又回去在椅子上坐下来,背对着新娘。在坐下以前,他要将花从纽扣孔上取下来,扔到椅子腿旁边。(幕启时,地上已经有好几朵花。[①])在父亲的指挥下,全家齐声抗议。祖父唱歌。祖母将祖父头上的帽子往下压,让他闭嘴。岳父母感到吃惊。新娘急忙退下时,岳父母表示这件事并非无可挽回。

从另一扇门进来了第二位新娘[②],她也戴着面具。(每侧都有好几扇门。)面具应该很古怪;当她揭下纱巾时,面具露了出来。新娘手执一束花。岳父从上面取下一朵花,走去插到青年的纽扣孔上,然后退回到自己的位置。青年用舞步表示更强烈的拒绝。父母很

---

① 最好用与花相似的手掷短箭来取代花。如果是这样,花一短箭将盖住墙壁。青年每拒绝一次,就将花一短箭朝墙上扔过去。最后一次拒绝时,他将把整个花束抛向空中,花束将被钩在天花板上。——原注

② 原文中对"新娘"和"未婚妻"的描述疑有误。译文遵照原文,不另行调整。

愤怒。愤怒的舞蹈。岳父母一再重复殷勤的动作。事情还可以挽回;年轻的新娘们连续出现,每次都戴着新面具:红头发的女人、黄头发的女人、棕头发的黑女人、长着鸟头的女人、长着狗头的女人、长着驴耳的女人、越来越怪异的女人,青年一一拒绝。接着,当父亲和家人教训儿子时,岳父母①又出现了,领着他们的另一个女儿,有时从这扇门,有时从那扇门进来,有时他们三个人都从一扇门进来,有时是母亲和女儿在一起,父亲在另一边,有时新娘独自走一扇门而父母走另一扇门。在某一时刻,可能有两三位新娘同时出现在台上,但只有一位②一直走到舞台中央,走到青年面前,青年顽固地拒绝,转过头去,重复最初的场面,而表演仍在继续:花束,纽扣孔,新的花朵,撒在地上和钉在墙上的花越来越多。然后,出现了一位新娘,两个鼻子、三只眼睛,两个鼻子、四只眼睛,等等等等。新娘们揭下纱巾后,气恼地走开:气恼的舞步。然而她们越来越大胆。至少可以有四位新娘。根据演出的物质条件和道具师的创造能力,可以有七位、八位或十位新娘。上场的新娘越来越美,但相当怪异。最后那位新娘就是那样,她得意洋洋地从台底那扇巨大的双扉门里进来。她戴着一个有三张脸的面具,就像是美索不达米亚的农神或印度的女神。青年也拒绝了这最后一位。岳父母再没有女儿可以展示了。他们抗议并威胁青年。他们受到侮辱和伤害。与青年的家人殴斗,这家人也气愤地围着青年,他们对最后这位新娘很满意,以为青年多半会接受她。最后这位新娘进来时,所有的亲戚都奔过去。新娘被心满意足、十分得意的公婆家的人围在中间。全家人,特别是母亲,仔细观察新娘,掀起她的衣服。尤其是母亲,摸摸她,掂掂她,闻闻她,放声大笑起来,这时祖父坐在轮椅上围着新娘转,

---

　　① 指先后来到的新娘的父母。——原注
　　② 主要的新娘由若塞特·阿米埃尔扮演。长着不同的脑袋的新娘由其他舞蹈演员扮演。——原注

唱着一支轻佻的曲子。青年待在原处,接着突然站起来,用激烈的舞蹈表示拒绝。全家人和新娘家的人诅咒和咒骂青年。所有人都退下了,只剩下两名年轻人。新娘正准备走。岳父在退下以前做手势命令新娘留下来。她应该不惜一切地诱惑青年。青年仍然坐在椅子上。未婚妻坐在舞台中央,然后谨慎地走近青年,开始跳起诱惑的舞蹈。

她羞涩地靠近一直坐在椅子上的青年。青年逃去坐在另一张椅子上。这个表演重复好几次,最初很慢,接着越来越快①。终于,她越来越不羞涩,接着充满了自信,控制了自己,来到中央领舞。他围着她转,她操纵他就像在驯马场上让一匹公马绕着圈小跑然后奔驰。青年应该确实像匹小公马。他在奔驰,从一把椅子跳到另一把椅子,像马一样嘶叫了一两次,接着,音乐接过这嘶叫声加以放大。他在奔驰、奔驰,由未婚妻的手臂所操纵,她在中央,在原地跳舞,但也在旋转,然后又静止不动,只有她的双臂、上半身、头部、颈部在动。青年奔驰时,突然有了一个马头。他在奔驰。我们看见一座荒凉的热带城市的街道,接着我们看见青年在沙漠里。如果可能,画面展示出一匹马鬃在燃烧的奔驰的白马。青年精疲力竭,跌倒在未婚妻(新娘)的怀里,然后在她膝前、脚下。她十分温柔,抱住他,将他半个身子藏在自己的白裙子里。(快速而断续的画面:水塘,大海,雨中的森林,纷纷落下的头发。)

亲戚们一一出场。欢乐的舞蹈,他们围着年轻的新人跳新婚舞,但这舞蹈很怪诞,有点别扭。(祖父可以,比如说,拿着酒杯唱饮酒歌。)接着,他们都消失了,只留下新人。青年也消失了,但消失在新娘的裙子里。我们再也看不见他,他被吞没了。我们只看见她在

---

① 在这场诱惑戏开始时,她该用自己的才能来诱惑他。在画面上,新娘在地里劳动(例如拾麦穗、播种),然后在无人的地方弓起后背,然后在房间里弹钢琴(做这一切时,她当然都穿着新娘的服装)。——原注

摇摆着身体,只看见她的三张脸、双手和纱巾。灯光渐暗。

附言:在电视上,在青年的舞蹈画面后可以出现真的公马
的形象两三次或四次,马鬃在燃烧,或者甚至呈透明的粉红色,
就像是灯罩。

美国大学生法语语音与会话练习

李玉民　译

让-玛丽与玛丽-让娜

让-玛丽,玛丽-让娜。

让-玛丽 早安,玛丽-让娜。

玛丽-让娜 早安,让-玛丽。您上哪儿去?

让-玛丽 我去上课,您呢?

玛丽-让娜 我去上课。嘿,那是菲利浦。他走得那么快,去哪儿啊?

让-玛丽 他直奔学校。

玛丽-让娜 我们也是,我们去学校,但不如他走得快。我早到了。

让-玛丽 我担心迟到。然而,我们上同一堂课,我们应该同时到课堂。

玛丽-让娜 这么说,也许是我迟到了。

让-玛丽 而我早到了。

玛丽-让娜 我们合乎逻辑吗?

让-玛丽 我想不符合。

玛丽-让娜 这没什么,重要的是身体健康。

让-玛丽 说得对,要一直能坚持到明年假期。

玛丽-让娜 明年还很远呢。

让-玛丽 要让法语进入我的脑袋,需要很长时间吗?

玛丽-让娜 像你这样的脑袋,得学二十年。

让-玛丽 到二十年头,前十九年学的课程,我可能就全忘掉了。

玛丽-让娜　那样一来,你还得从头开始,再学二十年。

让-玛丽　你这样说有点不厚道。我此刻讲的不是规范的法语吗?

玛丽-让娜　这不是真正的法语。这是从英语翻译过来的。

点　名

菲利浦,教师;

让-玛丽、玛丽-让娜,学生。

菲利浦　早安,先生们;早安,小姐们。你们不回答? 没人回答。你们为什么不回答呢? 回答呀。唔,时间还太早,学生还没有来呢。哦,我听见他们在走廊的脚步声了。他们到了。他们在那儿了。打开门吧。请进。关上门。走过来。请坐。肃静。我点名了:让-玛丽。

让-玛丽　到。

菲利浦　告诉我,让-玛丽,您叫什么名字?

让-玛丽　我叫让-玛丽。

菲利浦　正确。您所懂我的话了。您是个聪明的小伙子。玛丽-让娜。

玛丽-让娜　到。

菲利浦　告诉我,玛丽-让娜,您叫什么名字?

玛丽-让娜　我叫让-玛丽。

菲利浦　您没有明白。不对。您弄错了。注意,玛丽-让娜:告诉我,您叫什么名字?

玛丽-让娜　我叫玛丽-让娜。

菲利浦　好多了。不要再弄错了。今天就讲这些。起立。走吧。去吃饭吧。

问　好

　　玛丽-让娜、托马斯,学生。

玛丽-让娜　你好,托马斯。

　　　　　〔托马斯不应声。

玛丽-让娜　你不愿意向我问好吗? 为什么你不愿意向我问好呢?

托马斯　因为我不认识你。

玛丽-让娜　即使见到不认识的人,也要问好。再说,你认识我,因此,你可以向我问好。

托马斯　对,请原谅。现在我认出你了。那好,我向你问好。你怎么样? 你感觉怎么样? 你身体怎么样?

玛丽-让娜　我嘛,再也不愿意向你问好了,因为我不喜欢那些认不出我的人。

托马斯　还是向我问声好吧。

玛丽-让娜　我向那些我认识的人和我不认识的人问好。我不向那些认不出我的人问好。我甚至都不跟他们说话。几点钟了?

托马斯　差一刻十二点,玛丽-让娜。嘿,不对,十二点十分了……对不起,十二点半了。

玛丽-让娜　中午都过了,为什么我们还不去吃午饭呢?

托马斯　因为老师不知道过了中午。

玛丽-让娜　他只要看看表就行了。为什么他不看表呢?

托马斯 他在讲课,他不能同时干两件事:既说话,又看表。

玛丽-让娜 必须告诉他中午过了吗?

托马斯 他不能同时干两件事,更不能同时干三件事:说话,看表,还听你说话。

玛丽-让娜 我嘛,四件事我也干得来:听他讲课,听你说话,跟你说话,还感觉饿。这比同时干三件事还要难。

托马斯 可以同时干五件,六件,七件,八件,九件,十件,十一件,十二件,十三件,十四件,十五件,十六件,十七件,十八件,十九件,二十件,二十一件,三十件,四十件,五十件,六十件,七十件,八十件,八十一件,九十件,九十九件,一百件,一千件,一百万件,一百万件事。

玛丽-让娜 这比同时干两件事还要难。

托马斯 为什么?

玛丽-让娜 你脑袋太笨,理解不了。

托马斯 我脑袋不笨,我眼睛近视。

玛丽-让娜 还是听听他怎么说吧。

托马斯 我更愿意学会用法语计数。

有还是没有什么①

托马斯、玛丽-让娜、狄克。

托马斯 你好,玛丽-让娜。已经是下午两点钟了,我还没有吃饭,

---

① 本篇为 J'ai＋形容词/名词的句式练习,直译为"我有……",是法语特有表达方式,译为中文时需省去"有"字。

我饿了。

玛丽-让娜　我呢,我不饿,我热。

托马斯　我呢,我饿,我还热。

玛丽-让娜　我呢,我热,我也冷,因为这是夏季,而今年,我们有一个冷的夏季。

托马斯　我呢,我饿,我热,我渴。

玛丽-让娜　人渴的时候,就犯困,因此我困了。

托马斯　我呢,我饿,我热,我冷,我渴,我困,我二十岁。

狄　克　二十岁总比热、饿、渴、冷和困要好。

托马斯　我呢,我饿,又热,我渴,又困,同时我也二十岁。

狄　克　我呢,我不饿,我不热,我不冷,我不困,我没有二十岁。我什么也不需要,但是我浑身难受。

托马斯　你有道理什么也不需要,也不需要其余任何东西。

玛丽-让娜　不,他没道理。

托马斯　不,他有道理,既然他不需要任何东西。

狄　克　其实,最好还是犯困。

课　堂

狄克,教师;

托马斯、欧德莉,学生。

狄　克　您好,托马斯。

托马斯　您好,先生。

狄　克　不要叫我"先生",就叫我"狄克"吧,这样更随意些。归根结底,我的年龄比您大不了多少。您好,欧德莉。

欧德莉 (对狄克)您好,先生。

狄　克 不要叫我"先生",就叫我"狄克"吧,这样更随意些。归根结底,我的年龄比您大不了多少。

欧德莉 哎,不对,先生! 您多大年龄啦? 我呢,我才十七岁。

狄　克 再过十七年,您的年龄就会增长一倍。

欧德莉 对,再过十七年,我就二十六岁了。

托马斯 这不确切,先生,对不起,狄克。再过十七年,欧德莉就有三十四岁了。

狄　克 您心算能力很强。但是,欧德莉说法语比您强。

托马斯 我能赶上她。我仅仅比她大一岁。

欧德莉 (对托马斯)我原先不知道您已经十五岁了。

狄　克 哎,欧德莉。十七加四十九不等于十五。

欧德莉 除非是数羊。这是爸爸跟我说的。

狄　克 (对托马斯)既然您非常善于计数,那就请您列举一下您在课堂上所看到的物品。

托马斯 课堂是什么意思?

狄　克 课堂是一个地点,我是说,是一间屋子,在里面,不,确切地说,是一帮闹哄哄的学生,由一位教师管理。这也是上课的一间教室,也就是说,这既是许多集中在一起的学生,由一位教师管理,教授他们点什么,这也是一间教室。

托马斯 课堂不可能同时是两样东西。难道可以说欧德莉既是一个女孩,又是一条鳄鱼吗?

狄　克 您向我提出了难以回答的问题。我尽量考虑考虑吧。您还是列举一下您在这间教室里所看到的物品吧。

托马斯 我看到课桌、讲台、椅子、三扇窗户,在我左面,同样三扇窗户,在您右面,一扇门在我前面和您身后。

狄　克　这么说,同一件东西,可以同时在两个不同的地点。接着说。

托马斯　一位教师。

狄　克　教师在哪儿呢?

托马斯　就在这儿,在我面前。教师,就是您。

狄　克　正确。我没有看见自己。接着说。

托马斯　还有一根粉笔、一块黑板、课本、笔记本、铅笔、钢笔、墨水
　　　　瓶、圆珠笔、一盏灯、一个黑板擦、一部词典、一座挂钟,还有一
　　　　名女学生,我的同学欧德莉,还有一名男学生,就是我,托姆。

欧德莉　还有围着教室的四面墙壁、我们脚下的地板、我们头顶的
　　　　天花板。

狄　克　在一间教室里做什么呢?

托马斯　口头提问,笔头问答,高声朗读,听写,作文,考试,起哄。

狄　克　这样胡乱罗列词汇还不够。必须用这些词做点儿什么。

托马斯　做什么,先生?

狄　克　用词能做什么呢,欧德莉?

欧德莉　用词能造句子。

托马斯　您认为这是必不可少的吗?

狄　克　我深信这一点。

托马斯　那好,既然您希望如此,我就试着造句。但是我不喜欢
　　　　造句。

狄　克　为什么您不喜欢造句呢?

托马斯　因为句子都是夸张而空洞的话语。这是写在《拉鲁斯词
　　　　典》里的。

欧德莉　《拉鲁斯词典》也说,句子是词的组合,表示一种完整意义。

托马斯　我不同意您的定义。

欧德莉　您为什么不同意我这定义？

狄　克　您为什么不同意她的定义呢？

托马斯　因为句子空洞无意义,就不可能表示一种完整意义。

狄　克　您给我们制造困难。如果您不愿意用您今天应该学会的
词造句子,我就给您打一个坏分数。

托马斯　好吧,狄克,我试试看。课桌在笔记本里。老师在装怀表
的背心兜里。黑板在老师上面抄写。粉笔擦掉黑板擦。走廊
和院子在椅子上,而讲台在课间休息中。粉笔在天花板上,窗
户在地板上。我打开学生,而门坐在长凳上。铃铛有三所学
校。书有四面墙壁围住。然而,词典只有三扇窗户:一扇英国
窗户和七扇法国窗户。窗户从门冲出去,中学,小学,惩罚留校
都在教师手里。教师用黑板在白粉笔上写字。课间休息宣布
铃铛。我是您的样子;他不是我们的样子;他们是您的样子。
我有您所有的;他有他们所有的;他们有我们没有的。

狄　克　够了,够了,错了,不能这样讲。我的上帝呀,欧德莉昏过
去了。托马斯,帮帮我,欧德莉昏过去了。

托马斯　这是崩溃了。

医院探视

菲利浦、玛丽-让娜①、让-玛丽、警卫。

菲利浦　您好,大夫。我们来探视玛丽-让娜小姐,她在法语第一课
结束时昏迷过去了。

---

①　原文如此,但此人物并未出场。

让-玛丽　大夫,她好些了吗?没有她,我们就不能继续上课了。没有学生就没有课程。

警　卫　我并不是大夫。我是警卫。不过,我可以告诉你们,到哪儿能找到玛丽-让娜小姐。

让-玛丽　那我们到哪儿能找到她呢?

警　卫　你们到十二号楼,就能找见那位可怜的小姐。在院子的深处。你们只要沿着角道,一直往前走就行了。你们到达十字路口之后,就走左面的角道。大约走十四米五十厘米,你们再继续照直走,直到遇见一座喷水池。你们绕行喷水池,再返回十三米八厘米二毫米,走上左边的小路。接着,再向右转,向左转,向右转,向左转,向右转,向左转。然后,你们要径直朝前走,一直走到一张绿色长椅旁边,坐下歇息五分钟,好让晕晕乎乎的感觉过去。如果长椅新上的油漆还没有干,你们就不要坐了。你们从那儿朝落日的方向走,会看见左侧有一条小径,两边长满了蔷薇,另一条小径两边长着茉莉。这两条小径,哪条也不要走。你们要走第三条小径:小径一侧长着茉莉和少数几株郁金香,另一侧也长着茉莉和少数几株郁金香。往前走不回头,也不左顾右盼,稳稳当当走在路中央,直到遇见医院里的一名工作人员、一名患者、一名游客、一名园丁,或者我的副手。你们同那人打招呼,问他是否知道,能否指给你们十二号楼在什么位置。由于一种原因或几种原因——不熟悉、缄默症、精神幼稚症,如果那人不能给予你们必要的指示,你们就继续往前走,直到遇见第二个人、第三个人、第七个人、第十五个人,能告诉你们情况为止。如果你们运气好,在医院关门之前碰见那个人,你们还有时间去探视你们生病的朋友。否则的话,明天再来要早些,带着公园和医院的地图。

五十生丁我可以卖给你们一份地图,外加一万四千法郎小费。

菲利浦 您看怎么样,让-玛丽?

让-玛丽 买份地图吧。明天早晨我们再来,要赶个大早。

菲利浦 警卫先生,我愿意买份地图,可是有点贵。您不能给我们打点折吗?

警　卫 您只付给我小费就行了。我从一万四千法郎的小费里,拿出五十生丁付给院方。

菲利浦 同意,警卫先生。这是一万四千法郎,法兰西银行崭新的现钞。

警　卫 谢谢,先生,明天见。

让-玛丽 再见,明天见。

警　卫 再见。

菲利浦 这次到医院探视,要我付出这么多钱。我得上多少节法语课才能挣回来呢?我要增加课时费了。

医院探视

(次日)

菲利浦、让-玛丽、玛丽-让娜、警卫。

菲利浦 您好,警卫长先生。昨天我们已经来过了。您还认得我们吗?我们来探视玛丽-让娜,她在上一节法语课结束时昏过去了。

警　卫 那不是我。那时太晚了。你们见到的是值夜班的警卫,而我是值白天正班的警卫。

菲利浦 我们是开车来的,还带着医院各园子和楼房的详细地图。

警　卫 哦,好吧。你们就看着地图找路吧。你们不需要我。院内开车慢些。

菲利浦 走吧,让-玛丽,我开车,您看地图,给我必要的指示。

让-玛丽 好吧,一直往前开。到十字路口了,您走左侧这条路。往前开,拐弯,停车,往前开,一直往前开。减速。绕着喷水池走。倒车,停车。拐弯。重新再来一遍。再倒车。您倒得太远了。再往前开点儿。向左,向右,向右,向左,向左,一直走,倒车,踩油门,刹车,不要刹车,绕行,那是绿色长椅,闯过去,把椅子撞翻。真棒,行了。往左,走这条路;不对,走这条平行路,行了,我们行驶在正确的路上。一直靠右行驶,往左拐。拐弯。我们到了。

菲利浦 谢谢,让-玛丽。下车吧。关好车门。注意,别太猛。我前一辆车已经让您给毁了。

让-玛丽 我会注意的。噢,请原谅,菲利浦,您的车身破碎了。我们凑钱另买一辆车吧。

菲利浦 您也太厉害了,让-玛丽。不要哭呀,不要让自责把您压垮。我们一起找找大夫,主任医师,问问玛丽-让娜在哪个房间。

让-玛丽 咦,那不正朝我们走来了。您好,大夫,您能否告诉我们……

X 我不是大夫,我是护士。

让-玛丽 请原谅,太太。

X 不,不是太太,是小姐。

让-玛丽 请原谅,小姐。啊,又来人了。您好,大夫。

X1 对不起,我不是大夫。我是主楼的大门。请进,请进。

让-玛丽 您好,大夫。

X2　我不是大夫。我是通往二楼的楼梯。请上楼,请上楼。

X3　我不是大夫,我是楼梯扶手。

让-玛丽　您好,大夫。

X4　我不是大夫,我是楼梯平台。

让-玛丽　您好,大夫。

X5　我不是大夫,我是手术台。

让-玛丽　您好,大夫。

X6　我不是大夫,我是外科医生的手术刀。

让-玛丽　您好,大夫。

X7　我不是大夫,我什么也不是。

让-玛丽　您好,大夫。

X8　我不是大夫。我是诊室。

让-玛丽　您好,大夫。

X9　我不是大夫,我是病房。

让-玛丽　您好,大夫。

X10　我不是大夫,我不过是个可怜的吸杯。

让-玛丽　您好,大夫。

X11　我不是大夫。我是体温记录表。

让-玛丽　您好,大夫。

X12　我不是大夫,我是温度计。

X13　我是病床。

X14　我是患者的枕头。

让-玛丽　您好,大夫。

大　夫　我不是大夫,我已经辞职了。

菲利浦　啊,那不就是玛丽-让娜躺在床上。

玛丽-让娜(或 X)　我不是玛丽-让娜,我不在这儿了。半个月前我就出院了(或者:我出院有半个月了)。

杂　谈

菲利浦,教师;

玛丽-让娜、让-玛丽,学生。

菲利浦　告诉我,让-玛丽,一名好学生应该做什么?

玛丽-让娜　一名好学生书写应当快,并且用墨水,他也应当准时来
　　上课。

菲利浦　准时来上课意味什么?

让-玛丽　当太早的时候,我准时来上课……不对,当太晚的时候,
　　我准时来上课。

玛丽-让娜　先生,错了。人准时到,就是既不提前,也不迟到。

让-玛丽　我原以为准时就是既提前又迟到呢。

菲利浦　哦,让-玛丽,您今天来,是提前还是迟到了,是太早还是太
　　晚了? 您等了很久才进教室,我不得不流着眼泪等您很长时
　　间,而且每一天、每个早晨、每年都如此呢?

玛丽-让娜　为了避免伤心,先生,您应该经常去旅行,不住嘴地说
　　话,每天晚上都尽兴跳舞,并且散发香味。

让-玛丽　人跳舞过量,因为出汗,就要散发臭味。

玛丽-让娜　那就最好唱歌。

菲利浦　玛丽-让娜可以唱歌,她唱歌调准。

让-玛丽　不对,她唱歌跑调。

163

诡辩坏事

菲利浦、托马斯、玛丽-让娜。

菲利浦　托马斯,昨天下午,您干什么啦?

托马斯　昨天下午四点,下了课,我回到家里,没有看见母亲。眼下,她正陪伴我那去公务旅行的父亲。因此,我也没见到我父亲。

菲利浦　您讲话合乎逻辑,托马斯。

托马斯　而且,我在家里同样没有见到我妻子。

菲利浦　您妻子不在家吗?

托马斯　她不可能在家呀。

菲利浦　怎么会这样?她没有等待您的习惯吗?也许她去迎您了,没有走您平日走的路?

托马斯　她也同样不可能来迎我。

菲利浦　为什么呢?

托马斯　因为我没有结婚。

菲利浦　这样更好,我还担心她生病了呢。(对话到此结束,也可以如下继续:)

玛丽-让娜　与其娶一个仅仅假设存在、臆想中的病歪歪的女孩,还不如娶一个可笑的附庸风雅的女子。

菲利浦　一个可笑的附庸风雅的女子不可能存在,因为可笑是要命的。因此,一个可笑的附庸风雅的女子,同一个病歪歪的女孩一样,完全是想象出来的。无论哪一个都不可能存在。

玛丽-让娜　然而,我们所有人都知道,就是存在附庸风雅的女子。我们都遇见过。不错,附庸风雅的女子只能是可笑的。因此,

164

可笑的附庸风雅的女子,即使因可笑而死掉,也还是存在的。

菲利浦 逻辑让我们得出结论:她们是存在的。既然逻辑就是显而易见的事实,那就必须相信这一点。然而,那些可笑的附庸风雅的女子,她们真的意识到自己存在吗?

玛丽-让娜 这不可能知道。不管怎样,她们是非常矫揉造作的人。

(她们只能是矫揉造作的人。)

好天气坏天气

玛丽-让娜、让-玛丽,学生;

菲利浦,教师。

三个人物在通话,每人拿着听筒。

菲利浦在教室里。

让-玛丽和玛丽-让娜各自在家。他们在通话。

菲利浦 没人来上课。我的学生在哪儿呢?他们来教堂了吗?我不相信。又不是星期天。莫非他们走错了,进了另一间教室?肯定不会。有人会把他们送来,带进我的教室。在学校各个教学楼里,谁也没有见到他们。今天早晨,他们肯定没有来学校。他们一定是在自己家中。我给他们打电话……喂!

玛丽-让娜 喂!

让-玛丽 喂!是您吗,玛丽-让娜?

玛丽-让娜 不,不是我。啊,对,是我!我回答不是我,因为我以为不是您。

菲利浦　真烦人,让-玛丽的电话占线。我再给玛丽-让娜打打看。她没来学校,想必就是在家里,或者不知道去了别的什么地方。在往别的地方打电话之前,我先往她家里打个电话。喂!喂!没人。

（他又挂上电话）

让-玛丽　（拿着电话听筒,对玛丽-让娜）正是我。今天您怎么没有去上学呢?

玛丽-让娜　您呢?

菲利浦　玛丽-让娜的电话占线。我再往让-玛丽家里拨拨试试。

让-玛丽　我没有去上学,因为天气冷,因为下雨,因为下雪,因为结冰,因为下雾,因为阴天,因为刮风,因为下冰雹。

菲利浦　喂,喂,同样占线。

玛丽-让娜　我嘛,我没有去上学,因为天太热,太阳烤人,我没有帽子,害怕中暑。

菲利浦　让-玛丽的电话一直打不进去。我总不能独自一个人在这儿上课。不管死的还是活的,我总得有学生啊。我还是愿意要活的。想必他们彼此在通话。要不然,他们就是各自给另一个人打电话。他们为什么不来上学呢?天儿既不太热,也不太冷,没有下雨,太阳照在头顶,也不太灼热。只是有点雾气。我把我的车开来,去家里找他们。先去找谁呢?不好决定,真难死人了。

让-玛丽　我们明年再去上学吧。等天不太冷的时候。显而易见,这种天气阴沉沉的。

玛丽-让娜　我们明年再去上学吧。等天气不太热的时候。大热天上学实在难受。

菲利浦　喂,车库吗?请把我的车开到校园里。有这样的学生,实在伤脑筋。

顶多和至少

（主有形容词）

玛丽-让娜、托马斯,学生;

狄克,教师。

托马斯　我的房子比我妹妹大。但是窗户少。

玛丽-让娜　对,可是我弟弟比埃菲尔铁塔小。他窗户多。

狄　克　我的兄弟们、我的姐妹们、我的姨母、我的表姐、我的祖父、我的祖母,以及我所有的朋友,既不像您的弟弟,也不像您的妹妹;他们和埃菲尔铁塔同样大,也同样小。而且,他们也有同样多的窗户。

玛丽-让娜　您一定弄错了;您的那些亲友和埃菲尔铁塔不是同样大,也不是同样小。

托马斯　（对玛丽-让娜）你为什么认为,他的那些亲友和埃菲尔铁塔不是同样大,也不是同样小呢?既然狄克说了,那就是真的。他是老师。每人都有自己的真理。他有老师的真理。

玛丽-让娜　一位老师没了头脑也可能出错。

托马斯　一位老师的头总在他的肩膀上。

玛丽-让娜　如果把他的头割掉,他的头就没了。

狄　克　别人没有割掉我的头。至少我没发现。你们呢,你们的头还在吗?

托马斯　我的手放到头上。我还有我的头。我们还有我们的头。

狄　克　一般来说,我们有两个头。我呢,就有我的好头,也有我的坏头①。

---

① 好头(la bonne tête)又指善相,坏头(la mauvaise tête)又指凶相。

167

托马斯　不错。我们有好头和坏头。

狄　克　这两种头在哪儿呢？

玛丽-让娜　这就是我们的头。哪颗是好的，哪颗是坏的？

托马斯　我们的好头，我们看得见。我们的坏头就看不见了。

狄　克　如果你们还有你们的好头，那你们就要充分理解我的意思：我父亲、我母亲、我的兄弟、我的表兄弟、我的表姐妹，他们和埃菲尔铁塔同样大，也同样小；不过，这是一座人类阶梯的埃菲尔铁塔。

托马斯　我记下您的纠正。

玛丽-让娜　我也一样，我记下他的纠正。

狄　克　我们刚才所讲的，也有它的结论：人不可以用他的手指头用餐；人应该用他的餐刀切肉，应该用他的餐刀和他的叉子用餐。这就是顶多，也是至少能做的。

小轿车和它的轮子

托马斯、菲利浦、玛丽-让娜。

托马斯　你好，菲利浦。你好，玛丽-让娜。

菲利浦　你好，托马斯。你好，玛丽-让娜。

玛丽-让娜　你好，菲利浦。你好，托马斯。

菲利浦　幸好我没有迟到。然而，路上我出了一次车祸。

托马斯　你出的车祸严重吗？

菲利浦　一死一伤。我命大：受伤的不是我。我也没有被撞死。

托马斯　如果不是你，那么谁被撞死，谁又受伤了呢？

168

菲利浦　我撞的那辆车上的人。我的车比他们的(他们的小轿车)更结实。

托马斯　你的小轿车是什么牌子的?

菲利浦　我的车是一辆杜蓬 64。

玛丽-让娜　那是一辆法国车吧? 法国车不如美国车大,但是更结实。

托马斯　不能一概而论。我就有一辆美国车。我开我的那辆美国车,碾碎(撞扁)过一辆法国车。不过,我没有撞死人。那辆车上没有乘客,也没有司机。

玛丽-让娜　你撞扁的那辆法国车,是在路边吧?(停靠在路边。)

托马斯　不。那辆车在路中央,自动朝我驶来。

菲利浦　你那辆美国车是什么牌子的?

托马斯　是一辆杜蓬 64,不过,制造商不是同一个杜蓬。这个杜蓬是美国人,他的父母在上个世纪就在美国安家了。

玛丽-让娜　你能描述一下你那辆车吗?

托马斯　可以,我描述它很容易。开始了:我那辆车有四个轮子。

玛丽-让娜　轮子是什么?

托马斯　人人都知道什么是轮子。

玛丽-让娜　人人都知道轮子用英语怎么讲,不是人人都知道用法语怎么讲。

托马斯　也不是人人都知道轮子用英语怎么讲,因为很多人不讲英语。

玛丽-让娜　例如意大利人,如果他们在学校没有学英语,也没有在英国或美国生活过,他们就不会讲英语。中国人也一样,如果在学校没有学过英语,没有在英国或美国生活过,也不会讲英语。然而,澳大利亚人和英语区的加拿大人,他们即使没有在英国或美国生活过,也都讲英语。

托马斯　没有在英国或美国生活过的意大利人、巴西人、中国人,谁教会他们英语呢?

玛丽-让娜　意大利人、巴西人、中国人能在学校里学习英语,跟我们在美国的学校里学习法语一样。是英语老师教他们学习这种语言。

托马斯　他们的英语老师,一定是他们国家的大学聘请的一个英国人,或者一个美国人。

玛丽-让娜　中国学生、意大利学生、巴西学生的老师,也可能是个会英语的中国人、意大利人、巴西人。

菲利浦　那个中国老师、意大利老师或巴西老师,怎么学习的英语呢?

玛丽-让娜　那个中国老师、意大利老师或巴西教师,可能在英国或美国学会了英语。他们也可能在本国学校里学习了英语,如果懂英语的老师肯教他们的话。

托马斯　可是,那个懂英语的中国老师、意大利老师或巴西教师,又是在哪里学习的英语呢?

玛丽-让娜　中国老师、巴西老师、意大利老师,可能在英国或美国学的英语,也可能在本国学的英语,上一位老师的课,而那位老师本人……

托马斯　你说得我头都疼了,亲爱的玛丽-让娜。

菲利浦　你也让我头疼了,亲爱的玛丽-让娜。还是回到法国轮子的话题吧。

托马斯　法国什么轮子啊?

菲利浦　小汽车的轮子啊。

托马斯　难道只有小汽车的轮子吗,还是有别的车辆的轮子呢? 那么是哪些车辆呢？

菲利浦　主要是小汽车。在落后(不发达)的国家,还有几种马车。马车由一匹或几匹马牵引。还有手推车。马车和手推车都不多了。全世界还剩下三千二百五十七辆马车、两千一百七十辆手推车。

托马斯　在什么国家,还有这种既不舒适又跑不快的古老车辆呢?

玛丽-让娜　在那些执意拒绝美国帮助的国家,还有这种既不舒适又跑不快的车辆。

托马斯　我们是白白浪费时间。快点给我们谈谈轮子吧。

菲利浦　车轮的结构,首先有一个轮毂。在我们所说的情况中,它并不像一个蛋黄,也不像一种蜜饯李子。同样不像一个果核。在我们所感兴趣的情况中,轮毂是车轮的核心部件,用以固定轮辐。车轮是圆形的。轮毂和轮辐包了一个木制或铁制的轮圈,成为外轮。车轮以轮毂为中心转动。多亏了车轮,车才能移动。车轮是人最有创造性的发明之一。印加人就不知道车轮。孔雀开屏,也能展示车轮的形状。孔雀的羽轮不能用来驱动汽车,只能用来自我炫耀。小汽车的轮子和孔雀的羽轮之间,也还有共同点。因此,我们可以像往车轮里插棍子一样,往羽轮里插棍子。摇彩机又是一种轮子。摇彩机转动,却让人看不明白。这种轮子没有毂,没有轮辐,也没有外轮。有些人也充当轮子,俗话说得好:一辆四轮大车,坏得最厉害的轮子总是叫得最响。

托马斯　你描述的轮子,我没有怎么听懂。无疑是因为我听不大懂法语。请你从头再讲一遍好吗?

玛丽-让娜　我可听明白了。你还是给托马斯画一张图吧。

菲利浦　那就不是法语课了。绘画和音乐是世界语言。

托马斯 那就最好上音乐课和绘画课了。

玛丽-让娜 托马斯,不要偷懒。你应该学习的是法语。好了,菲利浦,汽车的其余部分,是由什么构成的呢?

菲利浦 除了车轮,小轿车的构件还有底盘,离合器,发动机,变速箱,后桥,车身,方向盘,制动器,曲轴,传动和润滑装置,一个、两个、四个、六个或者八个汽缸,供气和排气管道,汽车执照,驾驶证,一名司机,一个雨刮器,司机的居住证明,经常有一个或几个乘客,还有座椅、两扇或四扇车门、汽油以及几张罚单。

玛丽-让娜 我认为这样讲不完全有条理。

托马斯 毫无疑问,我不学法语了。我还是愿意学习绘画和音乐。

玛丽-让娜 那并不更容易。对了,死者和伤者是怎么处理的?

菲利浦 救护车很快就赶到出事地点。两名男护士从救护车上下来,他们把伤者抬到担架上,接着又将伤者连同担架抬进救护车。救护车将他们拉到医院。在医院里,美国外科医生给两个出车祸的人治疗:唉,伤者因伤势过重而死掉,反之,那个死者却死而复生了。

假　期

狄克、托马斯、欧德莉。

狄　克 您好,我亲爱的托马斯。您的假期过得好吗?

托马斯 我的假期过得不太好。欧德莉和我,我们一起动身去了法国。

狄　克 那么你们的假期一定过得很愉快。

托马斯 也不那么愉快,狄克。在法国,欧德莉住在她曾祖母家里,而我,只好住在我叔父一位朋友的公证人家里,是在巴黎。就这样,欧德莉和我,我们分开了。巴黎,不等于法国。

狄　克　您在巴黎逗留了多长时间?

托马斯　我在巴黎没有待很久。我感到太孤单了。我实在无聊,不得不缩短我的假期。我在那里仅仅度过了我的一段假期。

狄　克　确切地说,有多长时间?

托马斯　确切地说,七十七年。

狄　克　时间不算长。整个这段时间里,您就根本没有同欧德莉见过面吗?

托马斯　见过面,但是次数很少。她住得太远。我只是每天和她见面,早晨一起吃早饭,中午一起吃午饭,午后一起吃点心,在午后点心和晚饭之间,有时也见见面,然后一起吃晚饭,晚饭后,再去看电影或看戏。她不能更常来了,因为她住得远,是在讷伊①,而我住在巴黎,在马约门。既然讷伊不是巴黎,既然巴黎不是法国,她每次来巴黎看我,都要拿她的护照申请签证。

狄　克　您本人呢,托马斯,您没有去那遥远的外省看望欧德莉吗?

托马斯　怎么没去。不过,只是在早饭、午饭、午后点心和晚饭之外的其余时间。

狄　克　您是白痴怎么的,托马斯?

托马斯　我若是白痴,还会讲法语吗?

狄　克　当然不会了。在巴黎,给您冲击最大的是什么?

托马斯　没有人敢冲击我。我会照他的鼻梁,回敬一个美国式的直拳,或者照着下巴,对企图冲击我的人,给他一个左勾拳。我只是屁股挨了一脚,是我叔父的公证人踢的。

狄　克　为什么踢您?

①　讷伊和马约门同在巴黎西部,相距很近。

173

托马斯　他发火了。我对他说,巴黎的近视眼比纽约多,他就发起火来,照这儿给了我一脚,说是"为了看清楚些"。

狄　克　托马斯,毫无疑问,您是白痴。

托马斯　不,我不是白痴。如果您继续侮辱我,我就离开课堂,选择另一位老师,我就不付给您课时费了。

狄　克　好吧,好吧,同意,您不是白痴,您只是个蠢货。

托马斯　这还行,我留下来。

狄　克　告诉我,您在巴黎见到什么了?

托马斯　没有看到什么东西。因为我饿,所以我只看到饭馆的餐盘,而且我渴,所以我只看到啤酒馆的酒杯;然后我就困了,所以我看到我的床铺和被罩床单;看得不多,因为我很快就睡着了,我闭起眼睛,只能在睡梦里看东西了。其余的时间,我就看欧德莉;她极少来看我,我就充分利用。这并不新鲜;因为在纽约,我就经常见到欧德莉,她在巴黎没有变样子,甚至在讷伊也没有变样子。我只见到了一些近视眼,他们看不见我,因为他们离得太远。

狄　克　咦,说到欧德莉,欧德莉就到了。您好,欧德莉。

欧德莉　您好,狄克,你好,托马斯。

狄　克　您住在讷伊,假期过得好吗?

欧德莉　我没有住在讷伊,而是住在巴黎市中心,在歌剧院附近。我去了很多地方,看了画展,参观了卢浮宫博物馆,去了杜伊勒里公园、卢森堡公园,还去看了戏,掉进过下水道里。总之,我玩得很开心,因为我独自一人,用不着征求任何人的意见。

狄　克　可托马斯说,在假期里,他每天都同您见面。

欧德莉　他弄错了。他和我的孪生妹妹去旅行了,他还以为是我呢。其实,我的孪生妹妹长得不完全像我。她和我之间有几处

174

小小差异:我有一只向上翘起的小鼻子,而我妹妹长一只扁平的长鼻子;我妹妹有一对黑眼睛,而我有一对蓝眼睛;我妹妹一头棕发,而我一头金发;我妹妹身高两米九,而我身高一米六八,我妹妹……

狄　克　请原谅我打断您的话。您能否向我解释一下,托马斯怎么可能没有看出这些差异呢?

欧德莉　他没有看出来,有两个原因:首先,这些差异不大;其次,托马斯是高度近视。

狄　克　我想就是。他讲法语口音太重。

欧德莉　他讲英语也一样。

在剧院

菲利浦,教师;

让-玛丽,学生。

菲利浦　您好,让-玛丽。

让-玛丽　您好,先生。您没问我是从哪儿回来。

菲利浦　我没有问您,是因为我知道:您从巴黎回来,您在那里度过了一段假期。

让-玛丽　您怎么知道我去了巴黎?

菲利浦　是您亲口对我讲的,是昨天傍晚的事儿,我在火车站遇见了您。

让-玛丽　请原谅,我忘记了。

菲利浦　起码,您在那儿学了法语吧?

让-玛丽 没有,我没法儿学法语。巴黎人讲法语太糟了。他们一定是故意那么讲,因为他们应该熟悉他们的语言。

菲利浦 您看到,您做了,或者说您看到并做了什么有意思的事情吗? 您听到什么有意思的事情吗?

让-玛丽 我没有干什么事儿,我也没有听到任何有趣的事儿,因为我什么也听不懂。不过,我看见了非常美的东西。

菲利浦 您看到什么啦? 是在什么地方?

让-玛丽 我去了剧院。

菲利浦 您向我描述一下吧,是怎样一种情景?

让-玛丽 我来到大厅,是正厅前座,一排红椅子。我看到正厅两侧的楼下包厢。在上面,我看到了楼厅、顶层楼座;再往上瞧,在天棚正中,有一盏大吊灯,照亮大厅。我要到我的座位上,首先得有一张票,再将我的大衣存放到衣帽间,我穿过一条环形走廊,最后由女领座员引导,终于到了我的座位。

菲利浦 那么,您在舞台上看到了什么?

让-玛丽 我在舞台上什么也没有看到。

菲利浦 您没有看到演出的剧吗?

让-玛丽 什么剧?

菲利浦 一出戏剧,由演员演出,他们分演剧中人物,穿着戏装或不穿戏装。

让-玛丽 这个我没有看到。

菲利浦 不至于只有布景吧。

让-玛丽 连布景我也没有看到。

菲利浦 那么都发生了什么?

让-玛丽 只听敲了三下,非常响亮,大厅一片黑暗。接着,又敲了三下,非常响亮。大吊灯禁不住了,从天棚掉落,砸到我后面观

176

众的头上。幸好座椅着了火,我才得以看清楚。非常好看,到
处都是火焰,有许多尸体。消防员赶来了,他们给我们洗了一
通淋浴。我十分开心,一个劲儿鼓掌。第二天一看,那儿的剧
院只剩下一点灰烬。

旅行社

顾客、职员、妻子。

顾　客　您好,先生。我要买两张火车票,一张为我自己,另一张为
我妻子,她陪伴我旅行。

职　员　好的,先生,成百上千张火车票,我也能卖给您。二等车
厢?头等车厢?卧铺?要在餐车给您预留两个座位吗?

顾　客　头等车厢,对,卧铺车厢。要去戛纳,要后天的特快列车。

职　员　哦……要去戛纳?要知道,我给您票可以说很容易,您想
要多少张就有多少张,通常各个方向的车票都有。不过,一旦
您明确指出目的地和日期,以及您要乘坐的列车,事情就变得
复杂了。

顾　客　您这话让我吃惊,先生。法国有火车,也有去戛纳的列车。
我本人已经乘坐过了。

职　员　您乘坐过了,那也许是二十年前,或者三十年前,您年轻时
候的事了。我不是说没有火车了,只是都满员了,没有位置了。

顾　客　我可以下星期动身。

职　员　预售一空。

顾　客　怎么可能呢?三周之后……

职　员　预售一空。

顾　客　一个半月之后。

职　员　预售一空。

顾　客　大家都总往尼斯跑吗？

职　员　也不见得。

顾　客　那就算了。给我两张去巴约讷的车票吧。

职　员　直到明年，车票都预售一空。您看到了，先生，不是人人都去尼斯。

顾　客　那就给我两张去夏莫尼的车票吧。

职　员　直到一九八〇年都预订完了……

顾　客　……去斯特拉斯堡……

职　员　都预订完了。

顾　客　去奥尔良、里昂、图卢兹、阿维尼翁、里尔……

职　员　全预订完了，完了，十年都预订完了。

顾　客　那就给我两张飞机票吧。

职　员　任何一班飞机都没有座位了。

顾　客　既然如此，我能租一辆小轿车吗？有没有司机都成。

职　员　所有驾驶执照都作废了，以免道路堵塞。

顾　客　那就借给我们两匹马吧。

职　员　马匹也没有了。(没有了。)

顾　客　(对妻子)我们徒步前往，你愿意吗，一直走到尼斯？

妻　子　愿意，亲爱的。我走累了，你就用肩膀驮着我。反过来也一样。

顾　客　(对职员)先生，那就给我们两张徒步去尼斯的票吧。

职　员　您听见这声响了吗？噢，地震。国家中间地带，刚刚形成(出现/显露)一片无边的大湖，一片内海。赶紧利用，在其他游

178

客想到之前，你们要抓紧。我推荐给你们首发去尼斯的船，两个座位的客舱。

未完成过去时和复合过去时
（叙述）

我小的时候，已经十五岁了，我下了床，穿好衣服，走出房间，下了楼梯，便上路了。我到了火车站，上了火车，到农村去。铁路查票员来查我的车票，我对他说："查票员先生，您来查我的票，这是我在售票窗口，从兜里掏出一点钱，放到售票员面前，他收下了，痛快给我的车票——查票员先生，当时我说，我下了床，穿好衣服，走出房间，下了楼梯，上路去火车站，以便到农村去。他问我是否吃了早饭。我对他说吃过了，他就给了我这张我向他指定的车票。"

查票员相信了我的话，将车票还给我，他还回答我说："我就知道您为啥在火车站售票口买了这张车票，我也完全明白您是要去旅行。我在这趟列车上看到的所有旅客，不管是孩子还是成年人，都是要去旅行。我观察他们，打量他们，我算看明白了。有些人叫着口渴，另一些人气喘吁吁，还有些人没有行李，双手插在兜里，或者抓住扶手，他们登上车之后，便寻找座位，坐了下来，向窗外张望。他们看到田野仿佛在他们眼前移动，他们注视奶牛，奶牛也注视他们。算了，未完成过去时我使用厌烦了，而且用在这里也不大合适。"查票员累了，靠窗口坐下，向外张望，接着就睡着了；这工夫，我踮着脚走出车厢，就在火车继续行驶中，我跳下去，又乘上另一趟列车，它一直把我送回家门口。

想到我这趟旅行有多么开心，我感到很开心……

法庭上

托马斯、法官、查票员。

法　官　向我们讲讲事情的经过。

托马斯　我睡醒来，下了床，穿好衣服，走出房间，下了楼梯，便上路了。我到了火车站，上了火车，找了一个座位，我就坐下了。

查票员　坐到一位胖妇人的身上。恰好那时，我走进车厢。

托马斯　查票员先生来查我的票，那是我在售票窗口，从兜里掏出一点钱，放到售票员面前，他收下了，痛快给我的车票。查票员，当时您吓着我了。

法　官　为什么？查票员问您什么啦？

托马斯　他对我说："您吃早饭了吗？"我回答"吃了"。他听明白了，也相信了我的话，我长呼一口气"呜呼"，他就把车票还给我了。

查票员　我就知道您为啥在火车站售票口买了这张车票。我也完全明白您是要去旅行。我每逢星期天在列车上看到的所有旅客，不管是孩子还是成年人，都是要去旅行。我观察他们，打量他们，我算弄明白了。有些人吹着口哨上车，另一些人没有行李，双手插在兜里。他们登上车之后，便寻找座位，坐了下来。他们向窗外张望，他们看书，他们遐想，他们喝饮料。算了，未完成过去时我用得厌烦了，就去睡觉了。

法　官　在查票员睡觉的时候，您做什么了？

托马斯　在他睡觉、做梦、打呼噜、没有留神的时候，我就踮着脚走出车厢，跳下火车。我乘上另一趟列车，它一直把我送回家门口。

法　官　您做得对。查票员不该睡觉。他被判偿还您的车票钱。

独　白

（自从）

自从我出生,我就来到世上。自从我洗礼,我就除了与我父母共有的家姓之外,又有了一个教名。

自从我上了学,我就学会了阅读,自从有人教了我,我甚至会写字和计算了。

自从我会把一个脚步放到另一个脚步前面,我就走路了,除非我停下来休息,或者坐下吃饭,或者要安安静静地跟别人说话,或者要睡觉,或者为了别的什么原因。

自从我得以发觉,躺着大异于站着,反之亦然,我就不再混淆这件事和那件事了。

自从我离开学校,自从我成年了,自从我结了婚,自从我有了一个儿子、一个女儿、一个侄女、一个外甥女,许多年过去了。

自从我上了年纪,我就不再年轻了。在年老之前,我变得比我现在年轻得多。我年已六旬,但时间不久,仅仅从我年满六十岁之后。我的精力还很充沛,因为,自从进行了体育锻炼,人就能相当长时间保持年轻。

自从我学会了"自从"一词,我就经常使用。我真想出去散散步,可我不能,自从下了雪,结了冰,自从我伤了两条腿,我就害怕冰雪了。即使天气晴好,我也不能散步,因为,人自从有了两条腿,就不再有四条腿了。

自很久以来,四就是二的两倍,因此,自从人没有四条腿以来,就只有两条腿了,也就是刚好减半。

自从我的父母不再活在世上以来,他们便故去了。我则恰恰相反,自从我活在世上以来,我就一直没有死去:等将来,我若是死了两个月,那就是我有八周多不再活着了。眼下,我要充分利用我的好时光和好天气;然而自从下雨以来,真的有好天气吗?

自从什么时候下雨,什么时候雨不下了呢? 这是国家气象局,自从它组建以来,所决定的。至少,自那个时候起,天气变化就应该有规律可循了。

您是怎么想的? 自什么时候起开始思考了? 自什么时候起不肯思考了? 应当思考,因为,人自从思考了,才开始知道自己存在。然而,自从机器人能思考了,这种确认就重新受到质疑;人自从发明了机器人,就发现思想还不足以显示人的特征。

不过,自从人发现机器人没有感情,而人有感情,大家就知道正是在这一点上,人和活物有别于机器人。

而您呢,从什么时候起有感觉了? 一直以来都有感觉,对不对? 我呢,自一出生就有感觉,自从我在香水里洗浴之后,我就散发香气了。

这不是自昨天以来。这也不会是自明天以来,因为"自从"这个词表示过去。

您从哪里来,先生? 您是如何来到这座城市的?

"乘火车来的。"

"单间里是独自一人吗?"

"我跟一头猪和一只猫同车室旅行。我是从始发站上车的。猪到伊普西兰蒂站下了车。从卡拉马祖站起,车室就只有我和猫了。猫是活物,因为它有感觉,它从芝加哥起就喵喵叫。猪也是活物,但是它身上味道不好闻,它感觉也不那么灵敏。"

儿童游戏

让,让娜。

让　你蹲在沙地里干什么呢?

让娜　我做了三个馅饼。我把馅饼变成香料蜜糖面包。

让　这些香料蜜糖面包,你要吃了吗?

让娜　不。我用来做四条红鱼,再添上翅膀,把红鱼变成小鸟儿。

让　这两只小鸟儿,是要飞起来,还是在水中游呢?

让娜　随便哪一样,或者两样都行。换句话说,如果天空湛蓝,它们就游水;如果河水浑浊,它们就飞行,除非它们游水同时又飞行。

让　它们能同时做两件事儿吗?

让娜　当然不能。只有拿破仑能同时做两件或好几件事。

让　拿破仑是只鸟儿吗? 他是条鱼吗?

让娜　不是。

让　那他怎么能飞行,或者游水,分别干这件或那件事,或者这两种行动同时进行呢?

让娜　这也正是我心中的疑问。不管怎样,历史学家告诉我们,如果他不飞,他也同样不游水。然而在同一时间,拿破仑做许多事。他吃奶汤,脾气暴躁,总在生气。他穿上七里靴,一九三六年在西班牙发动战争。他增加了他的收入。他在亚历山大三世桥上会见了俄国沙皇。他同时向打字机口授十二封信。

让　请问,拿破仑是谁呀?

让娜　拿破仑是个农夫的儿子。为了奖赏他有礼貌,举止文雅,性情好,身体健康,就任命他为法国国王,取代路易十八世。

警 句

（好、更好、更加、更少、更坏等等）

声音一　好比最坏要更好。最坏不如好(善)好。

和声(两个声音)　不那么好跟最坏同样坏。

声音一　冬天里白天比夏天里短。活人比死人说话多得多。活人
走动也更多,但是若活人不肯走路,走动也并不比死人多。然
而,活人更有活力,死人就根本没有了。

声音四　的确,活人比死人活跃。不过,有些活人更为活跃,另一些
则不那么活跃。

和声(两个声音)　是否有些死人比另一些死人更加死灭? 有些活人
比另一些活人更少活力?

声音一　最有活力的活人,就是那些最不死气沉沉的人:例如诗人,
因为他们比大多数人更有灵感,而在灵感方面,大多数人糟得
不能再糟了。

声音三　活人发觉,冬天没有夏天暖和,秋天比夏天雨多;今年春天
比去年春天天气好,天空更加晴朗,也就是说少云。

和　声　一般来说,男人、女人、孩子、鹅、树木、花卉、天空、太阳、
雨,是在春天或夏天多情,到秋天或冬天就差多了。

声音一　这是因为这两个季节晴朗的日子多,他们的活计不那
么忙。

声音二　他们干活少了。

和　声　我们干活的时候,就更像死人,没有活泛劲了。(人干活的
时候,就半死不活了。)

声音三　不对。死人是不干活的,他们不如我们有活力,不如我们
活跃。

声音一　您怎么知道？您了解的情况并不比我们多。

如　果

让-玛丽、玛丽-让娜、狄克。

让-玛丽　如果我不在那里,我就会在这里,除非我还在别的地方。如果我出席了,我就没有缺席;反之,如果我没有缺席,那很可能因为我出席了。如果我没有给你写这封信,如果我没有把信寄给你,你就不可能拆开信封,如果你没有学会阅读,你也就不可能了解信的内容。如果我不是个小伙子(年轻姑娘),我就可能是个老姑娘、老家伙,是一头牛、一棵栗树、一个剧本、一尊雕像。如果我根本不是这一切,我就可能是别的什么东西,或者什么也不是。

如果我存在,我就会思考,可是思考什么呢?如果我思考,我就存在,但我是谁呢?如果我从里面拆毁房子,房屋就会坍塌压死我,我就不再是我所想存在的状况,也就不再想我所想过的一切了。

玛丽-让娜　如果我不是另外一个人,那我就是我本人。如果我不是有三条腿、四只胳膊、两颗脑袋,我就会跟所有人一样了。如果说我正常,那是因为我跟别人不一样。

狄　克　亲爱的尤内斯库先生,如果您不想让人讲这种蠢话,您就应该写一些更容易教会美国学生的会话。如果美国学生愿意搞到您同贝纳姆先生合编的法语课本,如果贝纳姆先生能更理智些,他就不会要求这种会话。如果他做得到的话,如果他将

185

有可能性的话,如果他乐意的话,如果他已经做过这类工作的话,他就应该从句法上、从词源上注释这些对话。

百岁老人
和几例虚拟式与条件式

记者、市长、百岁老人。

记 者　您好,市长先生,我是记者。我希望知道您能否允许我采访约瑟夫先生,并向他提两三个问题。约瑟夫先生是您管理的这个市最年长的居民,他刚满一百岁,大家正向他祝寿。如果您同意我去看他,我会非常感谢。

市 长　假如我禁止您去看他,那我就该自责了。您去吧,尽管我怀疑他能否接待您。

记 者　会有人禁止我看他吗?

市 长　我只是担心,倒不是有人会阻止您,我只是担心您人还未到他就死去了。

记 者　我到他家的时候,但愿他还活着,一刻钟就到。在他那高龄,一刻钟,无需更多时间,生命就能完结。

市 长　正因为如此,我才希望您速速前往。

　　　　〔在百岁老人家中。

记 者　您好,约瑟夫先生。我是记者。我祝贺您百岁大寿。

百岁老人　说话声音高些。看到您来了(en vous voyant venir),我想我知道您是什么人了。

记 者　这句话里的"en"不是代词。

186

百岁老人　您以为我根本不知道吗？

记　者　我自己都有可能不知道这一点；说起来您能相信吗？

百岁老人　我回答您的问题。我寿命长，因为我从来不愿意喝烈酒；不过，我还得补充一句，我即使喝烈酒，也不会少活几年。我不吃很多肉食，即使多吃肉，我还照样这样长寿。我从来不生气，只是隔三差五发发火，失去冷静，用脑袋撞墙，不过两者旗鼓相当，墙壁没有被撞塌，脑袋也没有被撞烂。我惬意地听自己说话，躺下休息，每天天一亮就起床，而且一直如此，除每周有那么五六次，我中午才起床，或者天亮不是起床，而是上床睡觉。应当说我认为，我之所以能活这么久，并且希望还活足够的年头，能为您送葬，为您和报社所有编辑送葬，是因为我虽然总给我的朋友出大量坏主意，却总担心听了别人给我出的好主意。如果我反其道而行之，那么几十年前，我就会进入坟墓了。我总损害我的同胞，乐此不疲，反之，我从来没有为他们做过好事：他们就断了这种念想吧。我感到无聊的时候，就站着睡觉。按说，我对社会，确切说来，对我这个市很有用处：五十年来，我给了这个市赡养我的可能性，因为，从前我也不工作，绝非懒惰，而是由于保健的缘故。您不要走掉，记者先生。从现在起，过一个世纪您再来，我们为我的健康干杯，祝贺我二百岁生日……如果您还在世的话。到那时您还能在世吗？谁若是跟我打赌，我是绝不干的。不管怎样，从现在起到那时候，我们还有很长一段时间。在见到您之前，我倒想祝愿您能一直活到那时候。自从我见到了您，我越发想发表此祝愿了。

礼貌课

先生、女士、司机甲、司机乙、一名过路女子、警察。

先　生　噢，夫人，请原谅，万分抱歉，如果刚才经过，我碰到了您（如果我碰到了您），我不是有意的。只怪太拥挤了。我撞疼您了吧？

女　士　根本没有，先生，没什么，您不必抱歉，也不必请我原谅，您只是用臂肘擦了我一下。

司机甲　（对司机乙）喂，怎么着，你不会开车啊？蠢货（笨蛋、傻帽），你开的车（小汽车），差一点闯进我的车里。

司机乙　（对司机甲）您为什么用"你"称呼我，先生？我不认识您。你从左侧开过来，我从右侧开过来，我应该先行。这不是在英国（不是在英国佬那里）。你不懂交通法规。而且，你还狡辩。连交通法规都不懂还狡辩。你这驾驶执照是从哪儿弄到的？是从福袋里摸出来的吧？

司机甲　你呢，执照是从垃圾筒里捡来的吧？从街角小酒馆里，从甜菜沙拉里，从蘑菇里找到的吧？看得出来，你是继承了你爷爷的手推车的执照吧？你的车（你的小汽车，你的小轿车），我连碰都没碰到。

司机乙　不，你倒是干得出来，蠢货（或者糊涂蛋）。

司机甲　傻帽（败类、白痴、冻胡萝卜等）。

先　生　（对女士）噢，夫人，夫人，我看您面失血色。我一定是伤着您了。您承认吧。唉！我真是不可饶恕，夫人，夫人。

女　士　没事儿，我向您保证，有时无缘无故，我的脸色就会发白了。

先　生　夫人,噢,夫人,您脚疼!我可能踩破了您的脚趾?

女　士　没有,先生,您想到哪儿去了?我是想别的事情(心不在焉),自己踩破的。

先　生　夫人,噢,夫人,我发觉我的手杖刚刚捅了您的眼睛。请原谅,我太莽撞了!

女　士　没有的事,先生,这是我的雨伞。

司机甲　(对司机乙)看我不打烂你的脸(嘴)。让我教训教训你(收拾收拾你)。

司机乙　(对司机甲)我来教教你怎么活在世上。

过路女子　救人啊!警察!他们出人命啦!

先　生　(对女士)哎呀,夫人,您的眼珠子爆了。噢,夫人,我真的伤了您……噢,夫人,您要昏迷过去了!……

女　士　绝不是,我走神儿了,我这是装出来的。

先　生　天啊!她昏迷过去了。她倒在我的怀里(她昏倒了)。(对行人)帮我扶住她,快叫救护车。

过路女子　阻止这两个司机打架,他们要拼命啦!

警　察　(对过路女子)您别管闲事,太太,否则(不然)我就逮捕您。

将来时

"您好,先生。"

"您好,小姐,您想要什么?"

"我想买一张脸,以及所有必备的附件。"

"您什么时候要?"

"明天就要。"

"时间紧了点儿。我尽量赶出来吧。您要一只鼻子吗?"

"要鼻子干什么?有什么用处啊?"

"鼻子让您用来擤鼻涕。"

"没有鼻子,我就不能擤鼻涕了吗?那您就给我制作两只鼻子吧,一只小号形状的,另一只旋梯状的。"

"我也要给您制作眼睛。"

"多少?您认为我真的需要吗?我要眼睛做什么用呢?眼睛就那么宝贵吗?"

"没有比眼睛更宝贵的了。您至少需要两只眼睛。两只眼睛对您是必不可少的,以便眨眼,也就是说,您闭上一只时,另一只则微笑。"

"我能做得来吗?恐怕我要弄错吧?我不会把一只眼睛当成另一只,或反过来吧?有一只眼睛我就够了,免得跟另一只混淆。"

"您若是瞎了一只,那就没有眼睛了。明天我还是给您制作两只吧,安在鼻子两侧,不如用您的两个鼻子做您的眼眶。"

"这样一来,我会漂亮吗?"

"您会非常漂亮。不过,您也得有一张嘴。"

"一张嘴?嘴对我能有什么用处呢?"

"如果您会使用,那就非常有用处。您可以用嘴说话,亲吻,呼吸,吃饭,咀嚼,行走,摔倒磕掉牙齿,您要用嘴喊叫,再把牙窟窿补上。"

"这一切我能做得来吗?我得用很长时间,才能掌握如何使用。给我几张嘴吧,一张嘴去吃饭,一张嘴去亲吻,一张嘴去咀嚼,一张嘴去行走,一张嘴去堵窟窿。"

"这么多张嘴,您往哪儿放啊?您脸上不会有位置了。"

"我的脸会是这么小吗?"

"对,小姐,有一张嘴您就足够了,因为您拥有的是一张好嘴。您需要第二张嘴的时候,去肉店里就能买到。"

"当我有了这张脸,我就能结婚了吧?"

"还不能。您还得有一副下巴,单下巴或双下巴,一个额头,两只耳朵好睡觉,一副下巴(menton)好骗(mentir)您丈夫。"

在市场

玛丽-让娜、托马斯、面包师、肉店老板、熟肉店老板、药店老板、Le melon①。

玛丽-让娜 你终于来啦!我等得不耐烦了。你去市场,为什么这么晚才回来,到哪儿闲逛去啦?

托马斯 我没有去闲逛。我遇到了这种情况。我到了面包铺,对老板说:"您好,面包师先生。我要买三块小羊排、一块牛排、一份小牛肉片、一块煮牛肉。"

面包师 您走错店了,先生(太太),要去肉店,面包铺不卖肉。这条街走到头就是肉店。您可以乘坐地铁去。

托马斯 不,我还是愿意走路。您好,肉店老板先生,我要买四十四法郎的火腿、三十二斤熏猪肉。

肉店老板 我不卖这些东西。熟肉店才卖猪肉。

托马斯 您好,熟肉店老板先生。我能买一公斤白糖、三克盐和香料蜜糖面包吗?

熟肉店老板 如果我没弄错的话,别人给您指错地方了。所有这些

———————
① 法语,有"圆顶礼帽"和"甜瓜"之意。

191

食品在食品杂货店里有卖。

托马斯 您好,食品杂货店老板先生,您有阿司匹林药片吗?

药店老板 对,有啊。

托马斯 您让我吃惊!这让我诧异。

药店老板 这完全正常,我不是食品杂货店老板,而是药店老板。

托马斯 那么,先生,您能告诉我,melon 在哪儿买吗?

药店老板 在帽店里买。

Le melon 注意!当我是用皮革、毛毡或草编制作,我就在帽店里出售。当我是果蔬的时候,我在水果店里才能买到。

托马斯 怎么吃您呢?

Le melon 吃我要加糖。

在面包店

面包店女店主、男顾客、女顾客。

〔女顾客上。男顾客臂肘支在柜台上,正同女店主讨论。

女顾客 您好,太太,劳驾,请给我一根模制面包棍,烤焦一点的。

男顾客 (对女店主)您想想,太太,人人都应该学会游泳。一个五岁小男孩,上五堂课就能学会游泳。当然了,他还游不太远,掌握的技巧还不够;况且,他也没有足够的体力。孩子嘛,想必您本人也有所发觉,没有成年人的体力,只有极少数例外。例如希腊神话中的大力神赫拉克勒斯,在摇篮里就掐死了派来攻击他的毒蛇。后来,他长大成人,却丧失其力量,卖身为奴给吕狄亚女王翁法勒。参孙也一样,头发被人剪掉,也丧失了力量。

女店主 我有个侄儿,他能扛起一百公斤面包。他没有五岁,他二十五岁了。不对,是二十四岁。而且,他游泳比得上所有五岁的孩子。

男顾客 即使一个白痴,也能学会游泳。起码,在狂风怒浪中,他总会像木板那样仰浮在水面。

女店主 他会不会仰浮都一样,如果被鲨鱼吞了,他还是不能保持在水面。

男顾客 哎,这种情况,您清楚,这是意外!多少开小轿车的人出了车祸,尽管他们会开车!

女顾客 请原谅,太太,我能买一根烤焦一点的棍子面包吗?或者一个花式面包、黑麦面包、麸皮面包、软面包、巧克力面包。

女店主 开小轿车的人,也有淹死的。他们开车冲进河里,当然不是故意的,而是操作错误;谁能故意呢?然而,这种情况时有发生。

男顾客 总而言之,所有人都应该学会游泳。我是游泳教练。

女顾客 (对女店主)两个喝咖啡时吃的闪电泡芙、一个薄饼、香料蜜糖面包、三个热的羊角面包、两个苹果派。没有,这些一样也没有。我只想要一根维也纳式棍子面包、一个牛奶小面包,以及无盐面包干,给我那患肥胖症的丈夫吃。我更爱吃新鲜面包,不对,我更爱吃不新鲜的面包。

男顾客 老人也可以,也应该学会游泳。有些人醒悟得太迟了。他们要淹死的时候,才想要学游泳。

女店主 他们还不明白事到临头来不及了吗?

女顾客 不,劳驾,还是给我一个乡村面包吧,没太烤熟,里面还稀乎乎的,几乎是生的。我买回家会再烤。

男顾客 (对女顾客)哎,太太,让人讨论完嘛,您总有五分钟时间吧,排上队。我在您之前,到了好久了。连说说话都不成。您嚷着买面包,烦死我们了。

女店主 而且,她还不知道自己要买什么。她每次开口——她可频频开口——就换别的东西。

女顾客 我着急嘛,太太。

男顾客 我也着急。

女店主 我也着急。人人都如此。

女顾客 您对待顾客不礼貌,太太。

女店主 人总有权聊聊天(说两句话)呀!您不至于禁止我聊天吧。我们可是生活在共和时代。

女顾客 您对人一点也不客气。我到对门面包店去买面包。

〔女顾客下。

女店主 我给那位店主打电话,招呼他不要卖那女人面包。

男顾客 那敢情好了。

采访大夫

玛丽-让娜、大夫。

玛丽-让娜 您好,大夫。

大　夫 您好,小姐。您哪儿不舒服?

玛丽-让娜 没有不舒服的地方。我嘛,我是乐天派。我也是记者。我来做一项调查。我的报社要求我询问,您最经常治疗的是哪些病症。这是为了统计。

大　夫 种类很多。来找我诊治的众多患者中,有一些心脏肥大,另一些人肚子总饿,还有的见人就跑。有的喜怒无常,突然大笑或突然发火。有的疼痛难忍,有的疼得直不起腰。还有的脚骨折了。有的脚大。另一些没了心脏,他们成为心灰意冷的人。还有些人血一上头,火冒三丈,芥末冲上他们的鼻子(他们就发火了);有些则被人扭转了头(激动起来)。好些人看东西一片血红,或者一片漆黑。有些人神经聚成球(火气很大),或者在表皮(对刺激极度敏感);许多人饮酒过度,口干舌燥……或者头发痛(头痛);必须把他们的头发割成四段(钻牛角尖)。那些有怪癖的人干什么都扯头发(牵强附会)。许多人心并没有碎就双膝下跪。还有些人腐化堕落了。对于那些一命呜呼的人,我就无能为力。有些人自我膨胀,且不说那些碰不得的人。还有些男人下床左脚先着地(安稳),有些女人,有一只英国式的脚(不辞而别),脚踏进餐盘里(言语唐突),鼻子有脚(长着蒜头鼻子);所有这些人重又双脚着地(时来运转),以便重新起步(东山再起)。我的患者,有一些有鼻子(嗅觉灵敏),另一些没有鼻子(嗅觉迟钝)。我治疗的人,有一些手上长毛(游手好闲),或者脑袋后面有主意(暗中打算),或者丢掉脑袋(失去理智),面对洞穴没长眼睛(有眼无珠)。我还有些精神病患者,动不动狂笑,有些怪癖症者舔靴子(拍马屁),喝杯子(烦恼),他们不摔坏烟斗(没有死)的时候,就总是烦躁不安。有些人眼睛发冷(胆小),另一些人则浑身是火(十分冲动),且不说那些头脑发热的人,那些被火热的爱烧毁(为爱而憔悴)的人。我也接待那些怪物(恶人)、假兄弟(假朋友),那些人流淌着鳄鱼的眼泪,有一颗木头脑袋(死脑筋)、一颗冰冷的心、一副铁石心肠、眼睛比肚子大(志大才疏),心放在手上(善气迎人),长着一个蝮蛇的舌头……

玛丽-让娜 您也是兽医吗?

大　夫 一点点吧。驴和骆驼那种大兽治不了,不过,巴黎歌剧院的小老鼠(巴黎歌剧院舞蹈班的学员)、白鹅(傻大姐)我倒可以治一治。

玛丽-让娜 您能治痛风患者(les goutteux)吗?

大　夫 那是他们的过错:他们每天早晨都喝一小杯烧酒(la goutte)。我就给他们开滴剂(des gouttes)。

玛丽-让娜 那么一点也看不见(n'y voient goutte)的人呢?

大　夫 我给他们输血,因为,他们的血管里一滴(une goutte)血都没有了(恐惧得浑身战栗);我根据情况,给他输冷血(冷静)、热血(好激动)。

玛丽-让娜 如果没有供血者呢?

大　夫 我就给他们萝卜血(萎靡不振)。

玛丽-让娜 您给患者输血费用高吗?

大　夫 他们得大出血。

在兽医诊所

"您好,大夫,我的狗病了。"

"哦,可怜的动物,它从什么时候起病的?"

"它病了,准确地说,它受伤了,是我把它从窗户扔下去的:它伤了一根肋骨,还断了两根肋骨和一条腿。"

"您没有想到狗会摔伤吗?"

"我根本没有想到。我一直以为,狗跟猫一样灵敏,我的狗会四爪着地,一条腿也不会摔断。早知道它会摔坏,那么从窗户往外扔它之前,我就要好好考虑一下了。我会在院子里拉上一张网,就像马戏团杂技演员用的那种。那样一来,梅道尔掉下去就不会摔伤了。"

"您最好不要从窗户往外扔您的狗,也根本不用张网。您想的这是什么傻主意(您这主意可真差劲)。"

"我承认,大夫,我若是早知道……我只怕太迟了。但愿您能给它治好。您能有什么办法,治疗我这条狗的肋骨吗?"

"我认为有可能,好歹接上两根肋骨,治好另一根,换掉三根,其他的我就尽力而为吧。"

"您会让我喜出望外,既能减轻我的良心自责,甚至还能减轻一点我的花费。这条可怜的狗腿,您看能不能治好呢?(能完全康复吗?)"

"我若是保证治好,那也是说谎。不管怎样,如果狗还剩下三条腿,再安一个假肢,那它还有多余的了。"

"我恳求您了,大夫,您务必尽心尽力。"

"过一个月您再来吧。"

"in""un""an""on"等音和火鸡

让、加斯东。

让　在家禽饲养场里,上星期一你和你的姨妈送给我的那只白火鸡,从星期天开始追求阿隆姨父的儿子、我表兄的那只白色雌火鸡了。

加斯东　那不是星期一,而是一个星期五,我加斯东,你的表兄,送给你一只白火鸡,你告诉我在家禽饲养场里,这只火鸡追求起另一位表兄、你十分喜爱的安琪儿姨妈和她丈夫阿隆的儿子送给你的白色雌火鸡。

让　加斯东!

加斯东　嗯?

让　加斯东,要知道,为了学"an""on""in"的发音,你就这样讲话,不觉得愚蠢得可笑吗?

加斯东　让,你说得对。咱们就此打住吧。咱们什么时候再见面?

让　近期哪个星期一吧。

在巴黎餐馆

托马斯、服务员。

托马斯　服务员!

服务员　来了,先生。您想要什么?

托马斯　我要用餐。

服务员　午餐还是晚餐?

托马斯　等一下,我看看时间。现在是一点钟,也就是十三点钟。我还是用午餐吧。

服务员　我就料到您想要吃饭。您来到餐馆,不是要让人把头发剪成两截、三截或者四截(钻牛角尖),也不是要让人给您洗头(让人狠狠训斥),也不是要忏悔,也不是要让人给您拔掉智齿,不管麻醉不麻醉……

托马斯　我的智齿还没有长出来呢。

服务员　……也不是要晒日光浴,进行一场恢复青春浴,也不是要让人用精神分析法给您治疗,也不是要通过中学毕业会考……

托马斯　中学毕业会考我已经通过了。

服务员　……也不是为教授或听人讲授什么是物质、反物质、原子、质子、中子、电子,或者诸如在宇宙射线中发现的介子等其他微粒……

托马斯　我没有单独住一座房子,只是在一套公寓里租了一间。

服务员　我就算定这个对话的作者要搞这种可悲的、容易而品味不高的文字游戏……您来到这里,同样不是为了向我描述,您在卢浮宫博物馆或者在现代艺术博物馆看到的绘画。您来到这里,同样不是为了耍嘴皮子,预言未来,或者高谈阔论。

托马斯　我还没有去卢浮宫,也没有去现代艺术博物馆。近日我肯定要去的。因为,我正是为这个来到巴黎。我是美国人,美国大学生。我来巴黎打算学习法语,有人告诉我法语的特点是它的精确性和逻辑性。

服务员　先生,我不能耽误时间。您到这儿来不是为了看别人的菜盘吧? 既然如此,我要请求您痛快地腾出餐桌,起身离开餐馆。您瞧门口排的队。

托马斯　可是,我已经对您说了,我是来吃午饭的。

服务员　您要吃什么?

托马斯　吃菜,但是我不知道哪几种。

服务员　这是菜谱,您看着选吧。

托马斯　我看不懂,这写的是哥特字母。

服务员　对不起。这份菜谱是专给中世纪和中年德国游客准备的。这是另一份拉丁字母的。

托马斯　谢谢,服务员! 然而,您还没有摆餐具呢。

服务员 这个,这是什么呀?

托马斯 这是一支叉子,我没有注意到。请原谅,我眼睛近视。可是,一支叉子还不算一套餐具。

服务员 还有那儿,在您餐盘的右边呢?

托马斯 哦,对,这是一把餐刀,我没有注意到。对不起,我眼睛近视。可是,这也算不上整套餐具呀。

服务员 那个,挨着餐刀的,那是什么呀?

托马斯 哦对,这是一只匙子,我没有注意到。对不起,我眼睛近视。在我的餐盘前面,有一个透明的小容器,想必是酒杯吧。

服务员 您并不是那么近视啊。还有盐瓶和胡椒瓶。胡椒粉装在盐瓶里。盐装在胡椒瓶里。这是本店的习惯。

托马斯 这倒没有关系。我会反过来加佐料。

服务员 您需要一块餐巾吗?

托马斯 不,谢谢。我就用手指擦嘴,再用手帕擦手指头。

服务员 手帕不是用来干这种事的。总之,告诉我,您选什么菜肴?您要不要当日套餐?

托马斯 不。我先要生菜和肉丁酱,然后,头一道正菜,要肥肉片摊鸡蛋;作为主菜,就要卡昂做法的牛羊肚、一份阿尔萨斯炖酸菜、一只醉鸡、一份图卢兹烩什锦、一份勃艮第蔬菜烧肉、一份萨瓦干酪火锅、一份像在马赛做的普罗旺斯鱼汤,不,鱼汤留待晚上再吃,换成佩里戈尔松茸,再加上一只布雷斯小肥母鸡。

服务员 您要吃什么奶酪?

托马斯 我想要一托盘奶酪,包括罗克福羊奶酪、奥弗涅牛奶精制干酪、康塔勒大奶酪、东部产的方形干酪、卡芒贝尔干酪、默伦的布里干酪、利瓦罗干酪、蓬莱韦克软干酪。如果我还没有吃饱,我就再要山羊奶酪和格鲁耶尔干酪。

服务员 尾食您要吃什么？

托马斯 我要尝尝布列塔尼的油煎鸡蛋荞麦薄饼、大马尔尼埃式蛋奶酥、果酱、水果、一份香草冰淇淋、一份巧克力冰淇淋。

服务员 什么水果？

托马斯 梨、苹果、桃子、香蕉、草莓、樱桃和覆盆子。

服务员 我们只有李子了。

托马斯 那就给我李子吧。

服务员 我发觉您所点的菜肴，我们一样也没有了。我们只能向您提供青豌豆和干面包。

托马斯 我不爱吃青豌豆，也不爱吃干面包。

服务员 那就青扁豆和干面包。

托马斯 我同样不爱吃青扁豆，也不爱吃干面包。

服务员 那就枯叶色拉吧？我们只有这种菜了。

托马斯 那就给我枯叶色拉，配上一瓶博若莱新酿红葡萄酒，一瓶波尔多红葡萄酒，一瓶桑塞尔白葡萄酒。

服务员 葡萄酒我们也没有了。

托马斯 那我就喝加第戎芥末的可口可乐。

服务员 （回身传达订菜）头儿，给先生上一份枯叶色拉加可口可乐。

托马斯 色拉多放些糖。不要加色拉油，也不要加醋，配上一大块干面包。

服务员 通常说：请带上干面包。

托马斯 请带上干面包。

服务员 （对托马斯）好了，先生，马上给您上菜。

伟大的世纪或高贵的气派

（"r"和"u"的发音）

（独白）

只有一个人物：侯爵夫人（身穿路易十四时代紧身大开领低胸衣裙）。

侯爵夫人　内室靠我的床铺有一扇窗户，正对着街道，我从窗户望出去，好恐怖啊！我看见，我的马车四轮朝天，仰翻在马路正中央。我的马车，恢复原状，重又四轮着地了。

次日，我从内室靠床铺的窗户望出去，好恐怖啊！我看见，我的马车四轮朝天，仰翻在马路正中央。我的马车，恢复原状，重又四轮着地了。

第三天，我从内室靠床铺的窗户望出去，好恐怖啊！我看见，我的马车四轮朝天，仰翻在马路正中央。

我唤来下人，问他们，每天早晨，我从内室靠床铺的窗户望街道，怎么总看见我的马车四轮朝天，仰翻在马路正中央。我的下人回答说，他们知道这事儿，因为正是他们，每天早晨来到街上，将仰翻在马路正中央的马车再翻转过来，重又四轮着地。我就对他们说："你们要制止这种乱开玩笑的行为，抓住那个家伙。"

三名仆人，连续三个夜晚，从我内室靠床铺的窗户窥伺，果然在午夜时分，当场发现那个乱开玩笑的人正在街上作案，推倒我的马车，使我的马车四轮朝天，仰翻在马路正中央。

那个粗野狡猾的家伙，虽然企图逃窜，我的人却冲过去，将他逮住，当街轮番拳脚，一顿暴打，将他打翻在地，四脚朝天，仰翻在马路正中央。

屠杀游戏

宫宝荣　译

《屠杀游戏》于一九七〇年九月十一日在巴黎蒙帕纳斯剧院首演。导演豪尔赫·拉韦利,布景帕斯,服装奥尔唐丝·吉耶马尔,音效让-伊夫·博瑟尔。

　　参演人员:
　　女演员:露西·阿诺德,米歇尔·鲁贝,若希娜·科姆拉,莉莉安娜·罗威尔,波莱特·弗朗茨,玛雅·西蒙,克劳德·热尼亚,伊莎贝尔·祖克;
　　男演员:多米尼克·贝尔纳,安德烈·朱利安,安德烈·卡扎拉,菲利普·梅西耶,吉勒·吉约,安德烈·托伦,阿兰·雅内,弗朗索瓦·威约尔,雷蒙·汝尔丹。

一、广场上

舞台表现的是一座城市,广场。这不是一座现代城市,也不是一座老城。这座城市不该具备丝毫特别的特征。最适当的风格应当是盛行于一八八〇年至一九二〇年之间的那种。集市之日。如果拥有一座大剧场,可以有很多人。如果只有一座小剧场,人就要少得多。可以用较少的人营造人很多的感觉,或者将可支配的人分散开来,或者让同一些人上上下下,但戴不同的帽子、拿不同的雨伞,上下场时或带走或留下;以及戴上或拿下胡子。在蛮长一段时间内,这些人在默默地散步。他们的神情既不快活也不悲伤,已经或即将购买食品。

所有这些人似乎都来自集市。在他们上场之前,人们看到舞台深处的集市上有人正在买卖。听见嘈杂的人声、切切私语和欢呼声。

五彩斑斓。钟声阵阵。

如果群众演员不够的话,完全可以(甚至更好)用木偶或大布娃娃(傀儡)来代替。木偶根据其或真或画、能够活动与否。

在这第一场结束之际,如果木偶是真的,它们会转过身来,面对观众,或者双眼注视着事件发生的确切地点,神情焦虑,一动不动。如果木偶是固定的或者是画的,它们应该在阴沉的氛围中离开(况且这和真木偶的情形相同,人们只看见它们的影子在迷雾中晃动,因为本场结束时舞台将笼罩在半明半暗的氛围之中。)

在主妇甲和主妇乙上场之前,一个她们看不见的人物右上,两位主妇同样右上。他比主妇们走前两步。这是一位黑衣僧侣,个子很高,戴着面罩,只是穿过舞台。

〔主妇甲和主妇乙右上。

主妇甲　只有猴子才生这种病。

〔僧侣下。

主妇乙　好在我们养的是狗。

主妇甲　还有猫。

主妇乙　可是,携带病毒的是人。

主妇甲　手上吗?并不是有意的!

〔两人下。

主妇丙　我丈夫跟我说过,这些人大多数生活混乱。他们没有确定的生活习惯,好像就此丢了性命。

主妇丁　该采取必要措施啦。

〔两人下。

主妇戊　(与另一个主妇一起,左上)以前哪,萝卜必须好好洗,否则会让你染上麻风病。

主妇己　如今呢,却是土豆让你患上糖尿病或者让你过度肥胖。菠菜有害,让人生血过多。小扁豆淀粉过多。水果啦、生菜呀,所有的生食果蔬都会让人患结肠炎;如果烧熟了,又没了维生素,没了消化酶,反而要了你的命。酒也有害,让人酒精中毒。水也不好呀,哪怕是桶装水。水把胃给胀得鼓鼓的。胀得跟青蛙似的。

主妇戊　肉是有害的,有尿酸。鱼让你烦躁不安。

208

主妇己　鱼让你烦躁不安?

主妇戊　因为有磷。磷都把鱼给撑破啦。

主妇己　在鱼头里?

主妇戊　还有贻贝,那可是会传染鼠疫的!牡蛎和贝类也是。

主妇己　芦笋呢,我丈夫不要吃,对肾脏有害。他很清楚。他是医生。他的病人当中有患芦笋过敏症的。

主妇戊　还有茄子,它只会让人感冒。

主妇己　没有鼠疫那么好玩。

　　　　〔两人下。

　　　　主妇丙和主妇丁上。

主妇戊　噢!茄子呀,那可是致癌茄哟。

　　　　〔主妇庚和主妇辛上。

主妇庚　我丈夫跟我说,将会有人登高直到月亮上去。比月亮还要高呢。

主妇辛　那得有把比消防梯高出很多很多的梯子,而且头要朝下,因为据说月亮是在底下,在另一面,既然大家在哪里都看得到它。

主妇庚　正是。既然大家在地球的每一面都能看到,那它为什么不在我们这一面呢?

主妇辛　这可要冒险。爬梯子的话,要几天呢?

主妇庚　他们做不到,会接不上气的。

主妇辛　梯子上会有平台,休息处。

主妇庚　您考虑过头晕没有?不管头朝上还是朝下,都一样头晕。

主妇辛　他们可以乘着飞弹去。骑在飞弹上。他们可以骑飞弹,就像骑马一样。

主妇庚　他们会就此死掉。那里空气太多,他们会过于害怕,并就此死掉。

〔两人下。

导演指示:主妇们不一定下场,根据舞台技术条件,可以在台上绕圈子。

男人与女人的台词必须旗鼓相当;如果男人的台词超过了女人的台词,就得增加女人的台词,反之亦然,直到全体男女聚集到一起的时刻,即因为第一桩灾难发生时感到惊讶与恐惧:比如死了一个婴儿,之后又死了一个男人、一个女人、几个男人、几个女人。所有在剧本开始时出现在舞台上的人物在这一开场结束后(也就是几分钟之后)死去。他们陈尸舞台。不要忘记黑衣僧侣静悄悄的上场。

男甲和男乙左上。

男　甲　(对男乙)我们都是笨蛋,嗨,受到一群傻瓜统治。

男　乙　必须找到解决这个问题的药方。可药方是找不到的。

男　甲　没关系。我还是会替你们找到的。我会在你们想要的时候找到的。

男　乙　我们求之不得。能者,知也。

男　甲　能与知乃灵魂之两大功能。人的灵魂呀。

〔两人下。

男丙和男丁左上。

男　丙　(推着一辆婴儿车)每逢星期天,都是我来推小小婴儿车。我有两个双胞胎。我老婆打毛衣。

男　丁　(打毛衣)我呢,正相反。

〔两人下。

男戊和男己上。

男　戊　我跟您说我不太行。就好像掉进一层厚厚的浓雾里一样,我什么都搞不清了。我很激动,得了某种神经官能和肌力上的

210

焦躁症。简直是完蛋了,全完了。我既不能躺着,又不能坐着,也不能站着。我不能走路,因为走路让我疲劳。可我又不能待在原地。

男　己　可还是有解决办法。不太舒服。却是唯一的办法。

男　戊　哪个办法?

男　己　吊死您。本来是可以把您吊死的。

男　戊　这是危险的。

男　己　一个必须要冒的风险……对我来说,抑郁更要命。整个世界都变成了一个遥远的、深不可测的、钢铁一般的、封闭的星球。某种完全陌生的、充满敌意的东西。没有任何沟通。全部阻断。被关的是我,但是被关在了外面。

男　戊　盖子在哪里?里面,还是外面?

男　己　无论如何,我是掀不动的。有好几吨重。好多好多吨。是铅。不对,是我刚才说的钢铁。铅还能熔化呢!

男　戊　我从来就举不起超过六十公斤的东西。举六十公斤的草秸比举六十公斤的铅更容易。草秸呢,总要轻一些。

男　己　有时候难免自问怎么做才能活下去。就像我的朋友加斯东说的那样,生活并不总是快活的,可不是吗?

男　戊　也许最好还是去死?

男　己　不要这样说,不吉利。

　　　　〔两人右下。

　　　　男庚和男辛上。

男　庚　我们不属于那些飞往天体的种族。

男　辛　我们属于灾星族或小灾星族。

男　庚　这些人只是高级工程师。他们登月亮、上星星,比我们去得更远,但并不比我们懂得更多。他们将会看到些什么呢?

男　辛　比我们看到的更开阔。

男　庚　好,但他们对整体了解什么呢?他们对整体毫无了解。可是整体才算数,其余都是零。

男　辛　确实,零算不了什么。(短暂的停顿)可是,我更喜欢高层。高层房客比低层房客看得更高、更远。

男　庚　并非总是如此。

男　辛　怎么说?

男　庚　如果房子是在海岸山坡的话,如果高层房客的窗户或者老虎窗或者通风口开在这一海岸山坡的话,最高的几层就可能成为地窖!而对其他层来说,却可能是远景了。在底下才可以看得更高。

　　　　〔两人下。

　　　　女甲和女乙上。

女　甲　我的小叔子研究无条件反应,研究有条件反应更容易些。

女　乙　人家要求什么你就做什么。可对你的要求却很多。

　　　　〔两人下。

　　　　男戊和男己上。

男　戊　我感受到一种快乐的诞生。这已经就是快乐。它试图从双脚向心提升。可惜啊,我双脚发痒阻止了这个。

男　己　我亲爱的,我要求的再也不是快乐生存。我满足于中性生存。可以没有痛苦地看戏。

　　　　〔男戊和男己下。女丙和女丁、男丙和男丁上。还是老样子,男人左上,女人右上。

　　　　男丙和男丁,一个老在打毛衣,另一个老推着童车。现在呢,打毛衣的在推童车,推童车的在打毛衣。

男　丙　(对男丁)没有前途啦。

女　丙　（对女丁）没有什么会发生，一切都要预防。

女　丁　（对女丙）预防比治疗要好。

男　丁　（对男丙）没有什么东西真的可以预防。

女　丙　（对女丁）没有什么东西真的可以治疗。

男　丙　（对男丁）哪怕是可预见的东西。

女　丁　（对女丙）哪怕是可治愈的东西。

男　丁　（对男丙）尤其不是可预见的无法预见。

女　丙　尤其是可治愈的不可能被治愈。它可是毒药。

　　　　〔其他人物上场，女人从右，男人从左，最好在舞台的角落停下，既不说话，也不装作说话。他们看上去更像是神态悠闲，他们张望，不再动。身穿黑衣的男人，十分高大，脸上蒙着面罩，踩着看不见的高跷，就像刚才那样，安安静静地进入并停留在舞台中央，而似乎没有一个人发现他。

男　丁　（推着载有婴孩的童车，至舞台中央时，正面对着观众，而僧人则在中心的后面。对男丙）弥撒结束的钟声响了。在我妻子出来之前，我们去喝杯苦艾酒吧。

男　丙　（对男丁）她该碰到我妻子的，在糕饼店。

男　丁　（对男丙）把您的毛衣放在童车里吧。小孩子不会把它给吃掉的。（对女丁）夫人，亲爱的邻居，您能不能帮忙看一下孩子？

　　　　〔女丁走近，女丙跟在后面。

女　丁　您好，先生。

女　丙　我还没有见过您的双胞胎呢。听说他们长得非常漂亮。

男　丁　千万不要把他们弄醒。就一杯酒的工夫，跟我朋友。

男　丙　咱俩去喝一杯。

　　　　〔在男人们走开之前，两个女人朝小孩子俯下身去。

男　丁　待会儿见,女士们。

男　丙　谢谢啦。车里还有我织的毛衣呢。

女　丁　有人跟我说,孩子们的头发是金黄色的。可您的孩子,发色并不淡啊。

男　丁　(跟男丙一起已经朝舞台深处走了一步)没有更金黄的了!也没有更玫瑰红的了!

女　丙　(看着童车)他们满脸发紫!浑身发黑!他们睡着呢。

男　丙　满脸发紫?

男　丁　我的孩子们,浑身发黑?

女　丙　(触摸他们)他们看上去觉得冷。他们穿得不够多。

女　丁　摸摸他们,他们一动不动。

女　丙　(看着童车)真可爱,真可爱。

女　丁　(手碰孩子们)他们冰冷。啊,上帝呀!

男　丁　您在说什么?

女　丙　他们死了呀。

女　丁　他们是窒息死的。啊啊啊!

男　丙　什么?

男　丁　他们身体棒棒的。(他看了看童车。叫了一声)死啦!

男　丙　(看了看童车,叫了一声)死啦!

　　　〔女丙和女丁疯狂地叫喊着逃离,谣言开始在其他人物之间传播。这时,男丁叫喊道:

男　丁　有人把他们给闷死了,把他们给勒死了!有人杀了我的孩子!谁杀的啊?

　　　〔其他人物眼睛圆睁,慢慢地走近由两男两女围绕着童车组成的圈子。

女　甲　谁会下这个手啊?

214

男　丁　我知道是谁。今天早上，我把他们托付给我丈母娘。她心
　　　　　中一直怨恨这两个孩子。原因是她恨我。恨得很久啦。一直
　　　　　都恨。

女　丙　他说是外婆干的！

男　丙　这理由不足以杀害孩子啊！

女　丁　孩子母亲还不知道呢！

女　乙　啊，我的女婿，我的女婿！我真想摘掉他的头！可我不会
　　　　　对孩子下手。再说，他们还没有孩子！我女儿不愿意。不过，
　　　　　我理解他这么说话，一时愤怒之下。

男　己　可耻！

男　庚　何止可耻！

男　戊　老太婆从来都是危险分子！杀人犯！投毒犯！

男　丁　（对女乙）丈母娘，是你杀了他们。

女　乙　不是我，我跟你发誓。

男　丁　杀人犯！（他扑向女乙，女人倒地）

男　丙　（对男丁）别出手那么狠。

男　辛　（对男丁）她是无辜的。

男　甲　她死啦。

女　丙　（对男丁）杀人犯！

男甲、男乙、男戊　（对男丁，均威胁地冲向男丁）杀人犯！可怜虫！

男　丁　她自己倒下去的。我碰都没有碰她。

男　辛　（看着女乙）她发紫啦，整个人都黑了！

男　己　这个女人是我的恩人。您要付出代价的。

　　　　　〔他手持着刀，冲向男丁。

男　丙　（对男己，企图阻止他冲过去）他都说了不是他。她是自己
　　　　　死掉的。

〔男己离男丁很近。男丁倒地。

男　丁　（倒地）啊啊啊！我死了！

　　　　〔他双臂伸直成十字架状。

男　丙　（对男己）您杀害了我的朋友。杀人犯！下流坯！

众男女　（对男己，威胁着向他走去，除了正在察看男丁尸体的男乙
　　　　和女戊）下流坯！杀人犯！

男　己　不是我，我没杀成。他自己倒地的。他滑了一跤。

男乙和女戊　（察看完躺在地上的男丁之后）看吧！他整个人都是
　　　　黑的！他发紫啦！

女　辛　我受不了啦。报警！（手捂住胸口）啊啊啊！我的心！

　　　　〔她倒地死去。

男辛和男丙　（对男己）下流坯！杀人犯！

男戊和女庚　（和女己一起插到他们中间）不是他！

女　庚　他说了，他是自己死掉的！

　　　　〔与此同时，男甲、男乙以及女甲、女丙、女丁、女戊、女己察
　　　　看女辛的尸体。

男　甲　她不动啦。

女　丙　还是要叫个医生。

女　己　还是叫消防员吧。我去叫消防员。

　　　　〔她朝舞台深处走去。倒地。

男　己　不是我，不是我，我向你们保证。

　　　　〔他被男丙、男戊、男辛和女庚围着，瘫倒在地。

　　　　当然，在他们围住男己时，必须为观众席方向留出一个空
　　　　隙，以便观众看见男己倒下。

　　　　男甲、男乙、女甲、女丙、女丁和女戊在察看完倒地的女辛
　　　　尸体之后，围着女人，朝天空举起双臂。

男　甲　不是心脏。

男　乙　也许是心脏。

女　甲　她的颜色真难看！

女　庚　（看着倒在地上的男己）他死啦。

女　丙　这是上天对他的惩罚！

男　戊　他也许只是昏了过去？

　　　　〔曾经围在男己身边的人物，即男丙、男戊、男辛和女庚，以
　　　及那些曾经围在女辛身边的人物，即男甲、男乙和女甲、女丙、
　　　女丁和女戊互相朝对方走过去，一边说着："这怎么也不同寻常
　　　啊！我怎么也不会相信！他们真难看哪！这是因为他们作恶
　　　啊！他们有罪！他们无辜！"

男　庚　（指着死掉的女己）这个女人也倒下去了！她本该去找消
　　　防员的。（他朝女己奔过去。）必须把她扶起来！

女　庚　这个女人，至少她没有也死掉吧？

男　甲　过去啦。大家不会都死光！

男　庚　（抓住女己的手）她不动弹！死啦！

　　　　〔他倒在女己身上，死去。

女　甲　已经不意外了！

男　辛　大家都已经习惯了。

　　　　〔他倒在女己和男庚身上。剩下的九个人物开始在舞台上
　　　到处乱跑，一边叫喊，一边绞动双手。

女　甲　可怜我吧！

男　甲　这是场灾难！大灾难！

女　丙　可怜我吧！

男　乙　我偷过。

女　戊　上帝啊，可怜可怜我吧！

男　丙　我是弑父犯!

女　戊　我犯过乱伦罪!

男　戊　(倒在舞台中央)可怜我吧,宽恕我吧,可怜我吧,宽恕我吧!

女　庚　原谅我吧!

男　甲　地狱呀。

　　　　　〔他在舞台右侧,正面倒地。

女　甲　我愿改正错误。

　　　　　〔她在男甲对面倒下。

女　丙　我不是如此坏的女人!

　　　　　〔她在男甲后面倒下。

男　乙　你在哪里呀,我亲爱的? 我的小亲亲!

　　　　　〔他在女丙身旁倒下。

女　丁　我的五脏六腑啊! 烧死我啦!

　　　　　〔她在男乙身边倒下。

男　丙　我浑身痛啊。我做过坏事。噢,我的孙子们哪。

　　　　　〔他在女丁身旁倒下。

女戊和女庚　(还在舞台上从这一头奔到另一头)我不要! 我太痛苦了!

女　戊　丈夫啊,你的早饭还没做好呢!

　　　　　〔她俩倒在舞台上相对的两个角落。

本场完

二、马路上

某市政府官员对公众发表讲话。

官　员　市民们、外宾们。一段时间以来，一场莫名的灾难正在我
　　　们城里蔓延开来。这并非一场战争，没有暗杀，我们生活正常，
　　　安安静静，许多人几乎生活在幸福之中。可突然之间，没有任
　　　何明显的缘由，也没有得病，一些人就在家中、在教堂里、在马
　　　路拐角、在公共场所离开了人世。他们死啦，大家想象得到吗？
　　　最重要的是，这些并非孤立的个案：这儿死一个，那儿死一个。
　　　要是这样的话还能勉强接受，可是死亡的人数越来越多。死亡
　　　在呈几何级数增长。这涉及的是——我们的医生、历史学家、
　　　神学家、社会学家告诉我们——某种周期性灾难，罕见却有周
　　　期，在地球的另一半已经好几个世纪没有发生。这一灾难目前
　　　正在全球蔓延，并打击着最为幸福的国家或城市。是的，就在
　　　这座城市达到历史的巅峰之际，就在大家认为再也无所可惧之
　　　时。这一可怕的现象最近两次出现在两个非常遥远的地方，一
　　　次在巴黎，另一次在古城柏林。西西里好像也发生过，但是我
　　　们没有足够的文献可以确切地知道究竟是在西西里还是在阿
　　　根廷。难以想象它会轮到我们的头上，因为布雷斯特离这些地
　　　方更近。在有的房子里，所有家族成员同时遭遇灭门之灾。兄

219

弟与堂兄弟同时罹患同样的疾病、同样的焦虑,伴随着同样的致命痛苦,哪怕他们住在不同的街道。有一个时期,人们曾经以为可以解释这一现象,即不同家族之间或同一家族内部祖先们的古老争斗,这种争斗已经不可能在我们这个平和的当代存在。然而,无论是身处同一幢房子,还是相距遥远的不同房子,人们都同样地死去,互不相识的人们同时死去,尽管他们毫无干系。因此,人们完全可以相信这是陌生人之间的争斗。太多的巧合使得我们放弃了巧合这条线索。人们死于偶然。

我最后一次把你们召集到这个公共广场,向大家通报所发生的事情,告诉大家在我们这里发生的事情不可思议。我们被一种不知缘由的死亡所困扰。我还要向大家通报,邻国和其他城市已经向我们关上了大门。城市被士兵包围了。谁都不能进来,你们也都不能出去。昨天呢,大家还是能够出去的。但从今天开始,我们就好似被关进了牢笼。市民们、外宾们,不要企图逃跑,你们躲避不了守卫边境的宪兵们的子弹。我们需要全部的勇气和承受力。我也需要人手来挖掘墓穴。必须没收无主土地、工地,因为墓地已经没有空位。我要求志愿者看管那些被感染的住宅,旨在阻止人们在其中进进出出。我们需要宣过誓的督察员,旨在调查受到瘟疫感染的房屋,以便确定是否真的是无可救药的瘟病。我需要女性督察员来确定死者的病因,甚至检查活人,观察他们是否有雀斑、红斑、肿胀,并把出现这些症状的人员报告给警察局,好将他们严加看管。任何可疑人员进入某幢民宅之后,就会与该幢民宅的居民一起被关起来。你们要警惕可疑分子,要揭发他们。为了公众的利益。我们需要外科医生、收尸员、裹尸工,人人都为他人服务。人人都得准备好看管他人或者埋葬亲人。我们还没有治病的药方。

但我们可以试着去控制疾病,这样,我们中的部分人也许就能活下去。

不过,大家不要对此心存指望。

无论如何,再也不许乞讨,再也不许流浪,再也不许设宴。禁止演出。商店、咖啡厅的营业时间尽量缩短,为的是减少传染。如果有传染的话。因为这场瘟疫有可能从天而降,犹如看不见的蒙蒙细雨甚至会渗透屋顶和墙壁一样。

正如本人跟诸位说过的那样,不能再举行公共集会。三人以上的小组将会被驱散。无事闲逛也属禁止之列。居民出行必须两人一组,以便能够相互监督,并且在一人倒下之后能够通报给收尸员。

大家回去吧,各自待在家中。非必要不出门。

凡是受到感染的屋子,都将画上一个一尺①高的红十字,并在门上写下:"主啊,求您垂怜!"

〔下。

本场完

---

① 原文为"法尺",法国古长度单位,相当于 325 毫米。

三、一间屋内

布　景

空房间。一人物上场，双手戴着手套，搬上一把带靠背和扶手的圆椅，而另一个人物，同样戴着手套，搬着一块站台上场。在右墙中间的位置，他们把圆椅摆放在站台上。舞台深处有一扇大窗，与墙齐高，朝向街道。

舞台深处的左侧，有一出口。

仆人们带着喷壶出去，又重新进来。

第三个人物，一个女人，上场，手里也拿着一只喷壶。

这些人物对墙壁、椅子、站台进行喷洒。又有一个人物通过右侧门上，手中拿着两张小凳子，放在右门的两侧。这位依然是女人。她对家具、地板、墙壁、天花板进行喷洒。透过窗户可以看到马路上发生的一切：一个男人，胡子拉碴，光着膀子。透过窗户可以看见他在舞台深处从这一头奔到另一头，嘴里喊着："可怜可怜我吧！"他消失了。

此后，两个人身着黑衣，戴着口罩以免口鼻受到细菌侵犯，戴着手套的手里拿着木棍，追着那个口中叫喊的人。

追在前面的那个举起木棍，结果了那个应该已经瘫倒在地的人。

传来一声叫喊。

只见两个人物，其中一个拿着木棍，另一个拉着一副担架，将尸体放在担架上拉回来,叫道:"瘟人!"另一个则喊道:"闪开! 闪开!"

房主上。此人又高又瘦,褐色头发,穿一件睡袍,睡袍里面穿一套深色西装。他戴一顶睡帽,和其他人一样戴着手套,以期能够预防瘟疫。他看上去胆战心惊,不停地从口袋里掏出一只小瓶,打开来嗅嗅,重新盖上后放回口袋,接着又掏出来,如此反复。透过窗户,人们看到一个衣衫褴褛的女人在奔跑,方向与刚才的男人相反;她在消失之前,口中喊着:"拯救我的灵魂吧,我杀了我的孩子。"她也被原来的两个人追赶,他们把她放到担架上,一个喊道:"瘟人!"另一个叫道:"闪开!"尽管路上没有一个人。

人们还看到一个穿着警察制服的人,他在看完单子并与门牌对照之后拿出一支粉笔,在门的正面画上一个巨大的红十字。

有人想从里面把门打开,警察用手枪威胁,说道:"禁止出行。"

他把门重新关上。观众发现那人重新出现在窗口,警察将其击中,那人倒在屋子里,如同滑稽剧中一般。

从那个嚎叫着的女人开始,上述所有动作都发生在房主出现在舞台上之后。

最后这些动作同时发生,还伴随着其他动作,以及发生在屋内的场景。房主看着他的仆人们喷洒药水,对场所进行消毒。

房　主　净化! 净化! 消毒! 在这里呢,我们将得到保护。谁拿着净化的香水呀?

仆人甲　我,先生。

房　主　谁拿着防病的油啊?

仆人乙　我,先生。

房　主　别忘了给唯一的铰链上油。快点儿。光喷洒是不够的。树脂胶呢? 药粉呢? (对两个女人中的一个)处处都要擦过。

还有安息香呢,松香呢,杀虫剂呢,硫磺呢?

仆人甲　在这儿呢,在这儿呢,我们正擦着呢。

　　　　　〔他擦着。

仆人乙　这是硫磺。我们来擦。

　　　　　〔他擦着。

房　主　(对女仆乙)给我把饭端上来。大家好好擦拭了吗?给家具好好上油了吗?

仆人甲　是的,先生。用的正是您吩咐我们的材料。

房　主　(对正下场的女仆乙)戴上白手套再取食物。(对女仆甲)把香点上。门边,窗边,所有角落。

　　　　　〔女仆照做,其他人继续擦拭,给地板、墙壁等消毒。女仆乙为房主端上盘子,盘子里盛着他的饭菜。房主坐在扶手椅上。

房　主　(坐下,嗅菜)还有鱼腥味。还有水果味。你们放足药了吗?还要再放些。必须吃饭,可真危险。再也不能品尝啦!

男仆甲　要是没这么热,瘟病也不会这么厉害。

男仆乙　还有热雨。

女仆甲　等到下雪和结冰时,瘟病就会没了。

女仆乙　先生,已经不为死人敲丧钟了。太多了。他们没有时间。

男仆甲　这是为了安定百姓。

女仆甲　再也没有人敲钟啦。四分之三的人死于瘟病。

房　主　你们散开点。你们要把我给闷死啦。距离有益健康。你们把门关好了吗?窗关好了吗?

　　　　　〔他们离开房主。

男仆乙　门缝里连根针都塞不进。

房　主　就是一根线也不应该塞得进去!

女仆乙　全都关紧了。

房　主　我们有面、米、鱼和肉干,有果脯,有榛子。我们不受老鼠侵害。(对男仆甲)要控制好屋顶。不要让风吹掉一片瓦。当然,谁也不能进出。我们不受侵害。不要往窗外看。看到瘟病本身就会被传染。(他往嘴里送进一块食物)好好当心。我觉得有一股轻风。风会吹来瘟病的种子。现在没有缝隙。但可能会有。它会自己形成。风和空气贴着墙和护板,它们都想把墙和护板冲破。要有警惕。用蜡烛将所有的洞堵住,你们得随身带着。去吧,检查去,看看去。去吧,去吧。

　　　　〔两个男仆和女仆甲四处察看,填塞缝隙,或者做样子,屋内一片骚动。只有女仆乙留在房主身旁,侍候其就餐。

　　　　就在此时,透过大窗,人们看到一个黑衣人举着一杆黑旗过去,后面跟着一辆由黑马拉的车子,车夫身穿黑衣,车上放着一口棺材。

　　　　棺材后面跟着一个手持长戟的卫兵。

　　　　他吹着小号,并不时停下,喊道:"让开!"根据剧院机械装置的难易程度,可以不用车子。在这种情况下,就由两个黑衣人抬着棺材。

　　　　房主一边说话,一边小心地吃饭、观察和嗅着饭菜,因而有几块东西他嗅完之后没有吃,又放回了盘子。

　　　　全都给我封住。有些缝隙是自身形成的,腐臭空气会从这些缝里钻进来。还要喷洒药水。不要怕在食物上喷洒,味道不好拉倒。喷洒吧,因为恶风会通过巫术吹进来,哪怕墙壁再厚。妖风邪气并不总是认得墙壁和护板的。它是无形的,而对它来讲也就不存在什么物质的东西。

男仆甲　如果您想着它的话,先生,它就从思想中进来。

房　主　(叫喊)要想着不让它进来! 要想着不让它进来! 护板必须密封,心灵必须紧闭。如果你心中不想,瘟疫就进不了这座房子。它就碰不到你。嗨！继续给房子消毒啊。继续检查有没有洞眼或者裂缝。是否有扩大的。一切都要关好。我们之外别无天地。我们不可入侵。这是我们必须告诉自己的。我们是否不可入侵了呢？请回答！

男仆甲和男仆乙　（边擦拭和消毒）我们不可入侵！

房　主　（对女仆甲）你呢，也跟说一遍！

女仆甲　我不可入侵。瘟疫碰不着我。

房　主　（对女仆乙）还有你呢？

女仆乙　瘟疫碰不着我们。

四个仆人　（异口同声）瘟疫不可能传染我们。

房　主　我是不可入侵的。我是不可碰的。

　　　　〔房主碰翻盛着菜肴的盘子，正面扑倒。仆人们惊恐一片，纷纷朝他奔去。女仆甲拉起房主的手，之后又任其落下。

女仆甲　他的手掌发黑了。

男仆甲　（抓住房主的头发将其拎起）他的双眼发红！他的脸色发蓝！

女仆乙　他把东西全打翻啦！他把盘子给砸啦！我没有其他的啦！

男仆乙　（对男仆甲）这是瘟疫的症状。

　　　　〔仆人们一片惊恐，抛开尸体，冲向门口。他们把门打开。

警　察　（手持枪支）你们不能走出发生瘟病的房子。如果企图走出去，我就开枪。

　　　　〔他把枪端起，仆人们倒退，大门重重地由外面关上。仆人们冲向大门，试图把门砸开。另一位警察出现，带着枪。仆人们后退。可以看出他们相互害怕。四个仆人在房间的四个角落分别双膝跪地倒下，外面沉重而昏暗的百叶窗将玻璃窗遮掩住。黑暗笼罩着舞台。

本场完

四、在某诊所

亚历山大、雅克、爱弥儿、卡西亚、医生、护士。

布　景

诊所的一个房间。窗子开在舞台深处。左右隔墙都是玻璃。右侧有一小门。左侧,亚历山大躺在床上。三四张椅子。亚历山大六十多岁,卡西亚要年轻得多。爱弥儿和雅克比亚历山大略微年轻些。

幕启时,场上人物有亚历山大、卡西亚、爱弥儿和雅克,他们刚刚上场。

亚历山大　（对雅克和爱弥儿）请坐。这些椅子坐上去不太舒服。

爱弥儿　（对亚历山大）我快满二十年没有见到过您啦。可您现在病倒了。

亚历山大　还没死呢。

爱弥儿　我知道。您工作很辛苦。别人跟我说的。您在为大家准备一部重要作品。

雅　克　我读了一些片断。精彩极啦。

爱弥儿　多么愚蠢的争论！

亚历山大　一场误会。

爱弥儿 正如您说的,一场误会。它如此长时间地剥夺了您对我的友爱。好在,我又找到了您……

卡西亚 找他是件容易的事。您该试试的。

爱弥儿 (对卡西亚)是啊,当然,可亚历山大也可以主动来找我呀。

卡西亚 您是不想这么做。

雅　克 (欲充当和事佬)想的呀,瞧您说的,卡西亚。

爱弥儿 (对卡西亚)您是法国人,诺曼底人。怎么会有俄罗斯名字呢?

亚历山大 名字是法国人的,但昵称是俄罗斯人的。是她自己这么叫的。她非常喜欢契诃夫。

爱弥儿 真好笑。您几乎什么都可以原谅,却不能原谅别人跟您想法不一致。想法不一样的人就是敌人。

雅　克 (对爱弥儿)这是因为您没有友爱的秉赋。友爱要强过意识形态。连您自己都已经改变了,采纳了别人的意见。谁又不会改变呢?

爱弥儿 对我来说,朋友是一个跟我想法一致的人。要保持友谊,他就得跟我一起改变想法。我稍稍开了个玩笑。但在深处,他就是这样子。(对亚历山大)我是来跟您交谈,来试着跟您讨论,来自我解释,来做解释,来稍稍理解这场误会的深层原因是什么,因为,自从您改变思想以来,您又一次改变了,而您的想法跟我一样,大约已经有了十年,可我们还是坚持互不往来。

卡西亚 (对爱弥儿)不要太动脑筋了,尤其是不要累着了他。医生不让他太累。再说,在同意你们来访之前,他犹豫了很久。

亚历山大 咱们说说其他事吧。见到你们我很高兴。什么都别说了。

爱弥儿 不过,有个非常奇怪的巧合。我俩是在我获得那个文学奖之后的第二天争吵的。

卡西亚 亚历山大可是超脱了这些的人。

亚历山大 荒唐!

爱弥儿 显然,亚历山大不是出于嫉妒。也许他只是与评委的观点不一致,这些委员要是没有这种不同观点的话,就可能把奖颁给他。当时呢,我是说也许,他认为我会放弃这个奖。就像他自己也会放弃一样。

卡西亚 那当然,他是不会接受的。

亚历山大 在一家诊所里待上几个月也不错。起先呢,很困难。后来就习惯了。我生活在一个无菌世界里,外界的声音和狂热都传不到我这里,我变得平和、中庸。再也不让人害怕,或者不如说,再也不捣乱了。

爱弥儿 进来之前,有人给我们喷了消毒水。

雅　克 现在许多人死了。

爱弥儿 比平常多。马路上有很多死人。他们瘫在地上,男人松开领带,女人叫喊,接着就死啦。

雅　克 一种时髦。

亚历山大 我知道,我听说了。

雅　克 (对亚历山大)嗨,您好点了,是吧? 您气色好极了。

亚历山大 (对雅克)您也一样,虽然您整天都在城里的街上兜。

爱弥儿 (对卡西亚)我在想,我不再跟亚历山大来往,里面是不是有点您的过错。您还记得吗? 我到您家去那次,到您那个小套房里去,我们吃了晚饭,在聊天的时候,突然……就是的,我在您的脸上看到了不快。

卡西亚 我记不得了。

爱弥儿 就是的,就是的。

雅　克 (对爱弥儿)您该是误会了。

亚历山大 (对爱弥儿)您太看重这个了。大家总是太看重了。

爱弥儿 不过,正是从那个时候开始,您对我的态度发生了十分明显的变化。

雅　克 (对爱弥儿)别烦他啦。这事过去啦,对吧?

爱弥儿 好像我麻烦更多的是卡西亚。

亚历山大 从那以后,我们做了许多事情,但做得都心急火燎。必须赶时间。

爱弥儿 要趁大家还愿意听我们讨论的内容时说话。现在,他们不再要听啦。他们有其他关心的话题。首先就是这些死人。

亚历山大 (对爱弥儿)您说得有道理。我们想说的话,必须立即说出来。如此呢,我们就可以在表达史上占据一席位置。我们只有一句话要说。这句话将和其他几百万句一起被埋葬,但在被埋葬之前,它必须被人听见。如果不赶快说出来的话,它就会听不懂,失去了意思,被淘汰。

雅　克 人们时不时发现一些被救活的作品。

　　　　〔医生上,后面跟着护士。

医　生 (和护士一起走近亚历山大)您觉得好些了吗?

亚历山大 我还是这儿痛。轻点儿。

卡西亚 (对亚历山大)你刚才说不痛了呀。

医　生 (对护士)给他打针吧。

　　　　〔就在护士打针的时候,医生转向雅克和爱弥儿。

医　生 坐着别动。眼下我很忙。今天死了一千多人,死在马路上,死于同一种疾病。

雅　克 一个一个地?

医　生 有个别死的,有十个或十多个一起死的。科学也回天乏力。我们不知道是什么病。这场流行病很奇怪。没有先兆。我们谁都治不了。尸体解剖也没有任何结果。

护　士 (对亚历山大)我没有把您弄疼吧?

亚历山大　我现在感觉很好。我还从来没有感觉这么好过。

卡西亚　（对亚历山大）你这个人平时可是非常敏感的哟。

医　生　好，我得下去了。有人跟我说，有一大堆尸体运来了。总得做尸体解剖呀。

护　士　死人每天都在增加。

雅　克　（对医生）您是否仍然希望弄清楚这场瘟疫并与之作战？

医　生　这真的是场瘟疫吗？

亚历山大　朋友们，朋友们！

卡西亚　你怎么啦？

爱弥儿　他说什么呀？

雅　克　他说："朋友们！"

护　士　（对医生）您请别走。瞧，他的眼睛翻白了！

亚历山大　朋友们！

　　　　　〔他在床上伸直了半个身子，又倒了下去。

护　士　他昏过去啦。

　　　　　〔医生走近亚历山大。

医　生　他死啦。

卡西亚　不可能。确实死了。没有他我可怎么办。

爱弥儿　我都没能跟他说上话。太迟啦！

雅　克　他最后一句话是："朋友们！"

医　生　（对卡西亚）不，夫人，他不是死于到这里来医治的那个病。也不是打针造成的。

爱弥儿　为什么他说"朋友们"？他想通过这句话表达什么？他坐在床上，想跟我们说些要紧的话。

医　生　（对护士）给他合上眼睛。叫人来。把尸体运到停尸间里去。

本场完

231

五、马路相遇

资产者甲、资产者乙。

〔两个资产者同时来到台上,一个从左,另一个从右。

资产者甲 咦,是您呀! 您没有死吗?

资产者乙 我不是从阴间回来的。有的时候我对自己没有死也感到吃惊。可事实是我没有死。我活着,我还活着。

资产者甲 您还住在二十一区吗? 您到这里来寻找什么呢? 有人对我们说,你们那个地方瘟疫传染得最厉害,比二十五区还要严重。比二十七区好些。我要求划一道界线,一道路障,以阻止疫区的人进入并躲到感染较轻的区,尤其是我所在的区,一区。您是怎么逃出来的? 这条规定由我本人制定,得到大多数区议员的赞成。

资产者乙 我一点也损害不了您。

资产者甲 损害的,所以我这就去通知区警卫队。

资产者乙 我到你们区来是为了全城的利益。我是负责食品的。自从新鲜水果被禁之后,果酱便归我管。这就是我的通行证和任务令。

资产者甲 我远距离看看您的证书。您家里怎么样?

资产者乙 有些人还活着,有些人已经不在了。

资产者甲 怎么能够让一个二十一区的居民来负责全市的食品供应呢？闪开点儿。请在三米之外，最好是五米之外跟我说话，免得把细菌传染给我。

资产者乙 您家里的情况呢？

资产者甲 我家里既没人死掉也没人生病。我那条马路上的十二幢房子里没有发现一个可疑病例。

资产者乙 谁也不知道明天会有什么事落到我们头上。

资产者甲 什么事也不会落我头上，我的家人也一样。别，别，别过来。您来自一个十分不洁的地方。

资产者乙 您看上去镇定自若。这份自信来自哪里？还有这种奇怪的悠然心态，而就在这个时候，灾难正在全城肆虐、横行！

资产者甲 这不难做到。那些染病的人、垂死的人和已经死掉的人都是或曾经是粗枝大叶的人。只要不混到人群当中去。只要不接近病人。只要远远地躲开，就像我这样，躲开那些接触过病人但尚未发病的人，就像您这样的人。非常简单，只要没有不良接触。

资产者乙 如果您是医生、护士或者收尸员，您又怎么做呢？

资产者甲 我会辞职。再说，这也不是实际情况。我只领取我的定期利息。我把那些不安全的职业留给别人。我有保障。我没有碰过任何病人。

资产者乙 您运气好，不必为了别人的性命而冒生命危险。可是，别人呢，却在为了您而冒生命危险。不过，不要太高兴了，先生，想知道谁健康谁不健康几乎是不可能的事。见过有些人表面上身体健康，生龙活虎，精神焕发，红光满面，可一个小时之后便一命呜呼。

资产者甲 既然我一直到现在都躲得过去，我就能一直躲过去。只要人们不向我要求过多,我并不自私。在正常年代,我愿意救助别人。可是在目前这种特殊情况下,我们有权利也有责任小心谨慎,多长心眼。危机时刻,我们有权利也有责任,权宜地,为自己着想。

资产者乙　这站得住脚。和其他理由一样,这也是一条理由。

资产者甲　我有保障。我有预感。我从来没有跟任何出现征兆的人群为伍,我既不看医生,也不看护士,我避开收尸员,我只在一类商店里买食品。与其感受威胁不如多花几个小钱更值得。我的命和其他人的命一样值钱。

资产者乙　前天晚上,有人发现您在填馅火鸡饭店。当时您不是正和达尼埃尔先生在这家饭店的一个雅间里用晚餐吗?

资产者甲　那又怎么啦?这位先生是我生意上的朋友。他长得又漂亮又健壮,他采取跟我一样的措施。在这个雅间里,没有任何可疑的人会把病传给我们。

资产者乙　啊,好呀。

资产者甲　您为什么说"啊,好呀"?

资产者乙　我说"啊,好呀",因为我说了"啊,好呀"。请您不要走近我。

资产者甲　您要告诉我……

资产者乙　我没什么好说的。

资产者甲　告诉我,您在说您没什么好说的时候您想说什么。

资产者乙　请您别靠近我,不要让我再重复一遍。

资产者甲　跟我一起用晚餐的这位先生,这位朋友,他生病啦?告诉我,他是不是生病了?

资产者乙　不,他没有生病。他不再生病了。

资产者甲　他这么快就治好啦?

资产者乙 也不是,他死啦。

资产者甲 他也许是死于攻击呢。也许是死于非命?他倒下了?
被暗杀了?

资产者乙 您如果想了解真相,告诉您他死于瘟病。

资产者甲 那么,我也要死了。

资产者乙 我再一次告诉您,这不是您靠近我的理由。如果您再走
近一步,我就掏手枪啦。

资产者甲 那么,我死了!除非出现奇迹,就像我是死了一样。

〔一位护士经过。

资产者甲 护士!我恐怕被传染了。过来!

〔他解开外衣,解开衬衣纽扣。

护　士 (检查资产者甲的胸)啊,太晚啦,太晚啦,您已经无可救
药了。

〔她把他推开。

资产者甲 (从左边逃下,叫喊着)我死啦!我死啦!

〔资产者乙追着资产者甲并朝他开枪。护士追着正在追资
产者甲的资产者乙,叫道:

护　士 (叫喊)您也是,您也死了!而我呢,也死了!

本场完

六、监狱场景

囚犯甲、囚犯乙、看守。

囚犯甲 两根铁条锯掉了。你只要推一下这个,就成啦。咱们就可以从天窗逃走。

囚犯乙 接着就掉在沟里。沟里可有水。

囚犯甲 你早就知道的。你水性很好。我再跟你说一遍,五分钟之后咱们就上岸了。走进阳光明媚的草原。然后就是花园,还有街道,还有商店,还有面包店和肉店、酒铺和水果店。

囚犯乙 小心。把刀片藏好,看守来啦。

〔看守上。

看　守 门都为你们打开了。我没有把我刚才进来的那扇门关上,其他门也都开着。我知道你们想从天窗逃走,知道你们有把刀片。你们再也没有必要费那么大劲啦。我们有了另外一种罪恶来当看守,比我们更加危险。

囚犯甲 我不怕失业。我既不怕水,也不怕火。

看　守 这些已经不再是问题啦。

囚犯甲 您不可能让我后退。您也许能够吓唬住这个人(他指着囚犯乙),我呢,我不是你们所想的那种人。他呢,时不时会犹豫不决。

236

看 守　　原先那些看守都死啦。

囚犯乙　　怎么回事？他们出什么事啦？为什么您不把别的看守叫来？

看 守　　叫啦。已经有人接替他们啦。这些可是看不见的看守。

囚犯甲　　您在开玩笑。

看 守　　开玩笑可不是我的习惯。瘟疫在全市肆虐，一直到城墙，
　　　　　　一直到那些紧闭的城门。城门都有士兵把守，士兵随时都会死
　　　　　　掉。但是城门也不会就此打开，因为城外有人守卫，他们不会
　　　　　　放你们出城的。

囚犯甲　　城墙内的市区对我就足够了。

囚犯乙　　我也是。

看 守　　城外的士兵没有得病，至少现在还没有。他们也不想得
　　　　　　病，就因为这个他们也不会放你们出去。他们担心被传染哪。
　　　　　　城里的人几乎个个都被传染了。那些没有被传染的很快也会
　　　　　　被传染，可能性很大。

囚犯乙　　什么病？

看 守　　置人死地的病。瘟疫不给人任何希望。人们直挺挺地倒
　　　　　　在人行道上、马路上、门户紧闭的房间里、教堂以及庙宇里。已
　　　　　　经无法为他们收尸了。甚至收尸员都处于危险之中，尽管他们
　　　　　　发誓不会病倒。想想看，他们都是宣过誓的。因此，别人以为
　　　　　　他们具有免疫力。狗、猫、马、老鼠也都躺倒在死人身旁。自周
　　　　　　一以来，已经统计出来三万具新尸体，有男人、女人，还有动物。
　　　　　　比上一周多两倍，比前一周多三倍。

囚犯乙　　这不可能。

囚犯甲　　您在撒谎，您想吓唬我。是的，是的，这应该是行政当局的
　　　　　　谎言！

看 守　　去看看吧。很快，你们将再也看不到什么，再也听不到什

么,再也感觉不到什么。监狱长死了,是因为他跑出去,因为他每天晚上都跑回去看老婆和孩子。他是被家里人传染的,他死在亲人的尸体包围中。我的同事们也因为同样的原因死掉了。昨天,一辆有轨电车从城市的一头出发,满载着乘客。途中他们全都死了。在终点,也就是城市的另一头,统计出八十七个死人,加上司机共八十八人。

囚犯乙　我们不是非要坐有轨电车不可的呀。

看　守　行人也不再有安全保障。死人或垂死者会从高处的窗口跌落在他们身上。我呢,我是单身汉,无亲无故,从来不离开监狱。牢房里没有危险。瞧瞧,这些墙有多厚。什么都进不来,哪怕是细菌。这里呢,虽说你们是在坐牢,但没有危险。你们可以自认为安全无恙。真正的监狱在外面。你们选吧:监狱还是死亡?

囚犯甲　这不是真的。这不可能是真的!

看　守　如果你们要走,那就走吧。

囚犯甲　这是一个圈套。

看　守　既然我已经告诉过你们,我把门给你们打开。试试看吧!我再说一遍:所有的门都开着。

〔看守下。

囚犯乙　(对囚犯甲)你想怎么做?

囚犯甲　他是个谎言家,一个滑头。

囚犯乙　他没撒谎。

囚犯甲　你怎么知道?有证据吗?

囚犯乙　昨天夜里,我梦见我们死了,噩梦里看见堆成山的死人。尸体堆得如此之高,超过了六层楼的房子。你看,他真的把门都敞开着。

囚犯甲　这是因为你没有勇气逃跑。你泄气了。

囚犯乙　门开着呢,你瞧啊。

囚犯甲　你不会跟我说你相信梦吧。

囚犯乙　真理就在梦里。白天人们不敢想的东西,梦就在夜里把它揭示出来。

囚犯甲　人们用梦来自圆其说。梦揭示的是你害怕做的事。这是虚假的脱罪方法。是为了原谅自己的懦弱。

囚犯乙　如果门是打开的话,那是因为不再需要看守。我更愿意在监狱里结束我的岁月,在很久之后。

囚犯甲　我一个人走。但是我放心不下那些必须看住其他门的看守们。他对我们撒了谎。肯定还有其他看守,活得好好的,身强力壮。不能相信看守。我得走了。党需要我。我身负重任,必须对别人负责。自由万岁。如果你愿意,你可以跟着我。我从天窗走,我对门不放心。再见。

　　〔人们看到,他把两根铁棒拔出扔向窗外,然后从窗口跳了出去。

囚犯乙　(爬上一只凳子,看向天窗外)他走不远的。

囚犯甲的声音　我被老鼠咬啦,浑身疼啊。我游不动啦。我沉下去啦。救命啊。

囚犯乙　(从小凳下来,面朝观众席)他的尸体肿胀得厉害,已经浮出水面了。

看　守　(返回)你看我说的是实话吧。

囚犯乙　我一直都相信他。(看守拿出手枪。囚犯乙惊恐)我一直相信他。我一直相信您。我重申我一直都相信您。您不要杀我呀!

　　〔看守朝囚犯开枪,囚犯倒下。接着,并没有明显的理由,

239

他从口袋里拿出一根打好活结的绳子,自尽。

黑衣僧侣穿过舞台,确定囚犯的脉搏不再跳动,接着又试了试自尽者的绳子牢度,下。

本场完

七、马路场景

雅克、爱弥儿、彼耶尔。

彼耶尔 （左上，另外两人右上）你们好吗？

雅　克 你们好吗？

爱弥儿 你们好吗？

彼耶尔 我偏头疼来着。现在呢，好多了。肯定是因为我受到事件的刺激太深的缘故，你们听说了吗？

爱弥儿 什么事件？

雅　克 什么事件？您想说的是……

彼耶尔 瘟病。在城里。在下城街区肆虐的瘟病。

爱弥儿 瘟病只是在下城街区肆虐，我们这里高枕无忧；下城街区的人呢，您是知道的，不懂……

雅　克 不讲卫生……

爱弥儿 恶习……贫穷……

雅　克 对，还有贫穷、苦难；日子苦，就脏哪。

爱弥儿 贫穷是一种恶习。他们受穷，是因为他们喜欢这样，人渣。他们放任自流，酗酒，懒惰。您知道，苦难乃是一切恶习之母。

雅　克 也可以说恶习乃是所有苦难之父。

彼耶尔 你们认为瘟病不可能传到我们这里？

爱弥儿　我认为不会,我们又不是苦难之人。

雅　克　(对彼耶尔)告诉您,亚历山大死了。

彼耶尔　怎么回事?什么时候?什么原因?他好转啦。他正在恢复呢。

爱弥儿　他死啦。但不是死于瘟疫。感染瘟疫进不了医院。

雅　克　也许进得了下城街区的医院。而且……无论如何还是我们的医生,即上城街区的医生担任这些医院的院长、由他们监管……他们不会允许瘟疫进入。

彼耶尔　那他死于什么?

雅　克　他死得相当意外,无论如何,不是死于瘟疫。他没有出现症状。

爱弥儿　他死了,那是因为他想死。

雅　克　他故意死掉。

爱弥儿　为的是演戏。演员做到底。

雅　克　是老毛病,恢复得不好。

彼耶尔　心痛哪。我还需要他呢。朋友是那些让人需要的人,而要找到新朋友,既要有时间,还要有机会。等我妻子知道这事……

爱弥儿　(对彼耶尔)您头又疼啦?

雅　克　是震惊。我理解您。您看上去有点疲倦。

爱弥儿　您脸色发白。不,您脸色没发白,血色回来了。

彼耶尔　我头已经一点不疼了。要克服过去。死亡,这就是生活。无论如何,我感觉好些了,好多了。

　　　　〔他倒下。

爱弥儿　他怎么啦?

雅　克　他怎么啦?

爱弥儿 嗨,亲爱的朋友,起来,醒醒。

雅 克 心脏不跳啦。

爱弥儿 也许他只是昏过去而已。

雅 克 不,他死啦。

爱弥儿 他到底怎么啦? 刚才他已经好多啦。

本场完

八、马路场景

行　人　（对同伴）离开我朋友家的时候,他们是两个人。我买了份
　　　　报纸后回去。我再上楼;哎嗨,我打开门,看到躺直了十一具
　　　　尸体。

同　伴　他们怎么做到增加这么多人的呢?

行　人　必须知道,必须好好确定的是:他们是在生前还是在死后
　　　　增加的? 无论如何,是五分钟之内完成的。

同　伴　也许是通过机器。

本场完

九、室内同步场景

　　舞台分成两个部分,下面两个场景,即 A 场景和 B 场景,将同时上演。

　　在观众的左半部分,舞台深处有一扇窗,左边有一扇门,右边有一张床,靠在实际的或想象的隔墙上。该隔墙将舞台分成两个部分。

　　在舞台的右半部分,同样也有一张床靠着隔墙。舞台深处有一扇窗,观众右方有一扇门。

　　如此设计的两个房间内,每个房间里同样各有一把椅子。

场景 A	场景 B
该场景发生在观众的左方。传来敲门声。此前,人们看到第一个女人,即雅娜,艰难地从椅子上起身,显然心事重重。她快步冲过去开门。进来一个男人,即让。	该场景发生在观众的右方。传来敲门声。此前,人们看到本场的女人,即吕西安娜,艰难地从椅子上起身,她快步冲过去开门。进来一个男人,即彼耶尔。

雅　娜　你是怎么来的?
让　夜里我混在守卫城市的哨

吕西安娜　你是怎么来的?
彼耶尔　夜里我混在守卫城市

<table>
<tr><td colspan="2">

兵当中。在有些城门,有
些马路上,我好几次都差
点被巡逻兵发现。

</td><td colspan="2">

的哨兵当中。在有些城
门,有些马路上,我好几次
都差点被巡逻兵发现。

</td></tr>
<tr><td>

雅　娜

</td><td>

你要是待在那边,待
在乡下的话,会更安全。
不过我很高兴又见到你。
我都不指望了。从前我不
要你在家,现在我喜欢你
在家。

</td><td>

吕西安娜

</td><td>

你要是待在那边,
待在乡下的话,会更安全。
不过我很高兴又见到你。
我都不指望了。从前我不
要你在家,现在我喜欢你
在家。

</td></tr>
<tr><td>

让

</td><td>

嗨,我这就在家啦。孩子
们留下了,跟你父母在一
起。用不着为他们担心什
么。他们高兴着呢。

</td><td>

彼耶尔

</td><td>

嗨,我这就在家啦。
孩子们留下了,跟你父母
在一起。用不着为他们担
心什么。他们高兴着呢。

</td></tr>
<tr><td>

雅　娜

</td><td>

我们会怎么样呢?

</td><td>

吕西安娜

</td><td>

我们会怎么样呢?

</td></tr>
<tr><td>

让

</td><td>

也许上帝知道。你认识那
个曾经在我们门口的僧
人吗?

</td><td>

彼耶尔

</td><td>

也许上帝知道。你认
识那个曾经在我们门口的
僧人吗?

</td></tr>
<tr><td>

雅　娜

</td><td>

你觉得,这事会过
去吗?

</td><td>

吕西安娜

</td><td>

你觉得,这事会过
去吗?

</td></tr>
<tr><td>

让

</td><td>

也许吧。绝对不能出去。
马路上真安静啊! 马路拐
角有家店开着。我去买点
东西来。

</td><td>

彼耶尔

</td><td>

也许吧。绝对不能出
去。马路上真安静啊! 马
路拐角有家店开着。我去
买点东西来。

</td></tr>
</table>

　　舞台指示:B 场景的台词与 A 场景的台词交替说出,直到结束
时才改变。作者将会交代时间。

因此,当雅娜说出"你是怎么来的"时,便轮到吕西安娜跟彼耶尔说"你是怎么来的"。接下来是第二句台词,即让的台词"我混在……",紧跟着就是彼耶尔说"我混在……",如此反复,直到规定的时间结束。

雅　娜　　亲爱的,别着急。到我身边来。(她抓住他的手。他们并肩坐在床上。他把手搭在她的肩上)当时天气怎么样?

让　　又凉快,又晴朗。有大海,还有海风,一切都给净化了。你浑身发抖。

雅　娜　　这里热得要死。腐烂的臭气……

让　　你太害怕啦。不应该害怕。我们俩在一起,是吧?那就什么事也不会落到我们头上。

雅　娜　　底层的人都死了。他们的尸体被运回来了。楼上的那些人逃走了。不知去了哪里。

让　　他们应该是在马路上游荡。有人会查他们的身份。他们会被带回来。或

吕西安娜　　亲爱的,别着急。到我身边来。(她抓住他的手。他们并肩坐在床上。他把手搭在她的肩上)当时天气怎么样?

彼耶尔　　又凉快,又晴朗。有大海,还有海风,一切都给净化了。你浑身发抖。

吕西安娜　　这里热得要死。腐烂的臭气……

彼耶尔　　你太害怕啦。不应该害怕。我们俩在一起,是吧?那就什么事也不会落到我们头上。

吕西安娜　　底层的人都死了。他们的尸体被运走了。楼上的那些人逃走了。不知去了哪里。

彼耶尔　　他们应该是在马路上游荡。有人会查他们的身份。他们会被带回来。或

者被关起来。

雅　娜　我们又做了什么，竟然落到这个地步？

让　没什么。我们什么也没做。就这样无缘无故。没有原因。至少，如果这是一种惩罚的话。

雅　娜　这也许就是一种惩罚。

让　当然。如果这是一种惩罚的话，我们会更放心些。但是没有做过什么呀。我们什么也没做过。瘟疫没有理由。

让娜　我们曾经是幸福的。

让　我们却不自知。

雅　娜　我禁不住心生害怕。（停顿。她站起身）如果你没回来，我会疯掉的。

让　现在呢，乖一点。静下心来。

雅　娜　不，我不能这样坐着。咱们出去一会儿吧。

让　休息一会儿吧。你脸色这样苍白。

者被关起来。

吕西安娜　我们又做了什么，竟然落到这个地步？

彼耶尔　没什么。我们什么也没做。就这样无缘无故。没有原因。至少，如果这是一种惩罚的话。

吕西安娜　这也许就是一种惩罚。

彼耶尔　当然。如果这是一种惩罚的话，我们会更放心些。但是没有做过什么呀。我们什么也没做过。瘟疫没有理由。

吕西安娜　我们曾经是幸福的。

彼耶尔　我们却不自知。

吕西安娜　我禁不住心生害怕。〔停顿。他站起身。

彼耶尔　如果我没回来，我会疯掉的。

吕西安娜　现在呢，你可以静下心来。

彼耶尔　不，我不能这样坐着。咱们出去一会儿吧。

吕西安娜　休息一会儿吧。你脸色这样苍白。

雅　娜　我苍白吗?

让　　没什么,是紧张造成的。躺下,躺一会儿。(他帮她躺下。)对,就这样。我待在你身边。把你的手伸给我。你的手又热又潮。

雅　娜　我头疼。

让　　要我开窗吗?

雅　娜　谁知道街上会出什么事?

让　　你还想出去!你额头发烫!(他解开她的上衣扣子)我的天哪!

雅　娜　(她把手指向喉咙)是不是肿啦?瞧,我手心发红。我肚子疼。人感到乏力。浑身疼。

让　　我给你治病!我给你治病!

雅　娜　瓶子。

让　　(从口袋里掏出一只瓶子)深深地吸口气。

雅　娜　我吸不动。

让　　深深地吸口气。

雅　娜　我什么也闻不出。绝

彼耶尔　我苍白吗?

吕西安娜　没什么,是紧张造成的。躺下,躺一会儿。(他躺下。)对,就这样。我待在你身边。把你的手伸给我。你的手又热又潮。

彼耶尔　我头疼。

吕西安娜　要我开窗吗?

彼耶尔　谁知道街上会出什么事?

吕西安娜　你还想出去,亲爱的。你额头烫得多厉害!我的天哪!

彼耶尔　我的天哪!

吕西安娜　你都肿起来啦!瞧,你手心发红。

彼耶尔　我肚子疼。人感到乏力。浑身疼。

吕西安娜　怎么给你治病呢?我该做什么呀?

彼耶尔　瓶子!给我瓶子!

吕西安娜　我的天,太晚啦。他得病啦。

彼耶尔　我想深深地吸口气。但吸不动。

吕西安娜　我真害怕,亲爱的。

对闻不出。

让 亲爱的,加把劲。我在你身边。就在你身边。

雅　娜 我实在看不清你。就像在雾里一样。

让 家里没有雾。

雅　娜 我疼得厉害。怕得厉害。

让 没事儿,亲爱的。肯定没事儿。

雅　娜 我几乎听不见你的话。

让 (叫喊)只要不害怕就行。盐能治病。我抱着你。我不离开你。

雅　娜 跟我说话。

让 我紧紧地把你抱在胸前。我抱紧你。我会看住你。什么也不能把你夺走。我不会把你松开的。

雅　娜 你在我身边吗?我看不见你。我听不见你说话。你是把我抱在怀里吗?我感觉不到你。

让 不要走,我求求你。留下

彼耶尔 我什么也闻不出。

吕西安娜 加把劲。我在你身边。

〔她惊慌失措。

彼耶尔 我实在看不清你。就像在雾里一样。

吕西安娜 家里没有雾。

彼耶尔 我疼得厉害。

吕西安娜 没事儿,亲爱的。肯定没事儿。

彼耶尔 我几乎听不见你的话。

吕西安娜 (叫喊)救命啊!一个人都没有!

彼耶尔 跟我说话。

吕西安娜 (已经朝门口走了几步)我该怎么办?我这个可怜的女人!怀里躺着一个垂死的人!别人都把我们抛弃啦!

彼耶尔 你在我身边吗?我看不见你。我听不见你说话。你是把我抱在怀里吗?我感觉不到你。(吕西安娜大叫一声,她把门来。我是为了你来的。不要离开我。

雅　娜　我感觉极其不好。你在吗？我一直等你来着。盼着你来。为什么你不来？我孤零零的。

让　我人在哪，亲爱的。听我说。看着我。你感觉不到我吗？说话呀！你说话呀！

〔她叹出一口气。死去。

让　（把她紧抱在怀里）我留在你的身边，我不走。直到最后时刻，我都将在这儿。

推开）别走，我求求你。留下来。我是为了你回来的。不要离开我。我感觉极其不好。

吕西安娜　我也一直在等你回来。一直想着我们一起离开，一起获救。

〔她叫喊着下。

彼耶尔　我感觉十分不好。你在吗？你一直在吗？你不要走，不要把我抛弃！我知道你在，亲爱的。我看得见你。听得见你说话。感觉得到你。说得再响点。我并不孤独。

本场完

十、其他同步场景，依然是在室内

舞台一分为二。

两个同步场景。

在观众左面的那一半舞台上：一张沙发，一张小梳妆台，深处有一扇窗，一张凳子。

在观众右面的那一半舞台上：一张床。这是一家小客栈的房间。在左半部分，人物有母亲、女儿、女仆。女儿在梳妆台前。

母　亲　女儿啊，好好打扮。戴上耳环。戴上项链。我们去地下舞会。

　　　　〔在观众的右半部分，旅客神情疲惫地上场，后面跟着客栈女侍。

客栈女侍　先生，我们这家客栈声誉很好。你尽可以放心。没有臭虫。

　　　　〔在左半部分：

女　仆　小姐，这是合适您的香水。

母　亲　（对女儿）快，打扮得漂亮点。你得让未婚夫高兴。打扮得再漂亮点。

姑　娘　好的，妈妈。我尽力。

　　　　〔在右半部分：

客栈女侍 （对旅客）一个穿黑衣服的男人刚刚又来过了。您认识
他吗？

　　　　〔在左半部分：

母　亲 别再想你那些心思了。你得玩,你还年轻。我们人人都有
朋友死掉。我们没有时间为他们哭泣。

女　仆 夫人,黑衣男人刚刚又走过去了。

　　　　〔在右半部分：

旅　客 请给我拿一品托啤酒来!

客栈女侍 我们的啤酒好极了。有益健康!

　　　　〔客栈女侍下。

　　　　旅客躺在床上,接着开始呻吟。身子发僵。从床上掉下。
艰难地爬回床。他喘气,挣扎,死去。与此同时,在舞台的左半
部,姑娘将会有相同的不适症状,并发生以下的事情。

　　　　舞台左半部分：

姑　娘 我的天,老是这个黑衣男人。这是什么意思?

母　亲 所以不用担心。

姑　娘 今天上午,他从我们家窗口走过一遍又一遍。

母　亲 他是个僧人,仅仅是一个穷僧人。（对女仆）别吓唬她了,
你怎么啦?

女　仆 他没有任何好消息。

母　亲 他要去看望病人,鼓励他们,帮助他们。这是一个勇敢的
人。（对姑娘）你还是管你的化妆,想想所有开心的事,开心事
有那么多。春天啦、湖泊啦、草原啦、鲜花啦……

姑　娘 母亲,这根项链您喜欢吗?我可不想戴这根项链。

母　亲 我敢肯定,灾难会放过我们。

女　仆 （对姑娘）您想要别的香水吗?给您戒指。脂粉。

〔姑娘把戒指套进手指并往脸上扑粉。

母　亲　你可以在嘴唇上涂口红,脸上再擦些腮红。

姑　娘　我脸色苍白,是吧?

女　仆　对面房子门前有卫兵把守。

母　亲　不是为了我们。不是为了我们。

女　仆　夫人,但愿上天听见您的话。

姑　娘　我感到疲倦。非常疲倦。我什么事都不想做。

母　亲　嗨,你得振作起来。忍一忍,亲爱的。你要我帮你穿衣服吗?

姑　娘　我头疼。

　　　　〔姑娘站起来,摇摇晃晃。

女　仆　(对姑娘)您怎么啦,小姐?

母　亲　告诉你,没什么。她绝对没什么。大概有点小小的头疼。这是因为她害羞,不喜欢见人。有点激动,有点害怕。(对姑娘)来吧,我来帮你穿衣服,帮你打扮得得体些。

姑　娘　我还是想……我很想稍稍躺一躺。

母　亲　那你就休息一下,随你便。不要时间太长,再过一会儿,我们就得出去。

　　　　〔姑娘险些倒下。母亲急忙过去。

母　亲　(对女仆)帮帮我。拿点凉水来。(对姑娘)只不过小小的不舒服。

　　　　〔母亲和女仆帮助姑娘在沙发上躺下。

姑　娘　母亲,我很不舒服。

女　仆　她变得十分苍白。

母　亲　你觉得怎样? 哪里不舒服?

姑　娘　头、眼睛、喉咙、肚子。我冷。我太热。透不过气来。

女　仆　她的额头滚烫。她的双手冰冷。(母亲解开姑娘的上衣)

看哪,她浑身通红。她发紫啦。她的手掌发黑。咱们别碰。

母　亲　不是这个,不可能是这个。

女　仆　(叫喊)她得瘟病啦。

母　亲　(扑向姑娘)亲爱的,别害怕。我会给你治的。不要紧。你
　　　　会好的。

女　仆　她得瘟病啦。

母　亲　住口!只是不舒服,跟你说。

姑　娘　我疼啊。

女　仆　上帝打击我们啦。

　　　　〔在右半部分:

客栈女侍　(走来)先生,您的啤酒来了。咦,他死了。他死在我们
　　　　这里啦。

　　　　〔在左半部分:

女　仆　救命哪。

　　　　〔她从隔板的门逃走,穿过旅客的房间。与此同时,客栈女
　　　　侍叫着:"他死啦!他死啦!"她将啤酒瓶扔在地上,出去,被从
　　　　隔板门逃出并正在穿过旅客房间的女仆撞着,两个仆人叫道:
　　　　"好心人,救命啊!"一边相互碰撞着出去。在舞台左边,母亲情
　　　　绪激动,紧紧抱着女儿的尸体。

母　亲　我们曾经是幸福的。你什么都有,什么都不缺,唉!(她发
　　　　出可怕的叫声,奔向窗口,又回到姑娘身边)唉!唉!救命啊!
　　　　救命啊!(她扑向女儿的床,走向窗口,又回到姑娘的床边,再
　　　　次扑向床)帮帮我吧!可怜我吧!

　　　　〔黑衣人左上,一动不动,一声不吭。

本场完

255

十一、夜晚场景

　　舞台昏暗。深处,在舞台与吊杆之间的半高处,有五扇已经亮灯的窗户,或更多是一个接着一个地亮起来。

　　黑暗中,人们首先看到一盏灯点亮。隐约看见提灯的人,正是穿黑衣的僧人,他从右往左穿过舞台。他刚走下舞台,便听见一个女人的尖叫声,持续很久。接着,在两秒钟的静场后,人们看到右边的(即观众的左边)第一扇窗亮灯了。人们发现一个头发凌乱的女人,她叫道:

女　甲　死人啦! 死人啦! 死人啦! 救命啊!

　　　　〔第二扇窗亮灯。两个女人和一个很年轻的男人绝望地挣扎着,像大木偶滑稽戏中那样进进出出。

女　甲　(在第一扇窗)死人啦! 救人啊! 救救我的兄弟们啊!

女　乙　(在第二扇窗)救人啊! 有人听到吗?

年轻男子　(在第二扇窗)救命啊! 我家父亲上吊啦!

　　　　〔第三扇窗亮灯。出现一位老人:男乙。

女　甲　救命啊! 别把我丢下! 叫一位神父来! 叫一位医生!

女　丙　(在第二扇窗)来一位医生啊! 还能够把他救活的! 我公公上吊啦!

年轻男子　我父亲上吊啦! 来一位医生啊! 消防员!

256

〔在第三扇窗,人们看到那位老人没有叫喊,而是慢慢地从口袋里掏出一把手枪。

在第二扇窗,先是一个人消失,其中的一个女人,接着年轻男子消失,女丙喊救命。

女　丙　医生! 医生啊! 医生啊!

女　甲　(在第一扇窗)死人啦! 救命呀!

〔在第二扇窗,人们看到女丙消失,年轻男子和女乙再次出现。

女乙和年轻男子在第二扇窗户重新现身的同时,女丙动作激烈地消失;人人都像木偶。

年轻男子　帮帮我们! 混蛋! 懦夫!

〔第四扇窗亮灯。人们看见,一个头发灰白、肩膀歪斜的老妇人背对着窗,正朝着一个即将现身的人物惊恐地叫喊。

女　丁　我求求您,求求您,别这样!

〔在第三扇窗,人们看到老人正用手枪对准太阳穴。

在第一扇窗,女甲绝望地哭泣着,头发凌乱,双臂朝天。

年轻男子和年轻女人从第二扇窗消失,女丙现身。

女　丙　氧气! 也许还能把他救活。快呀! 救命啊!

女　丁　(依然背对观众)救命啊!

女　甲　救命啊!

女　乙　(在女丙消失时重新出现在窗口)救命啊!

〔年轻男子重新出现。

年轻男子　救命啊!

〔在第三扇窗,人们看见老人眼下已经把枪对准了太阳穴。

老　人　蠢人社会! 狗屎城市!

〔人们发现,在第四扇窗,老妇人身旁出现了一位护士。她朝老妇人走去,双手威胁着像要把她掐死。

护　士　老巫婆!

女　丁　(试图挣脱)我不想死! 救命啊!

女甲(在第一扇窗)、女乙、女丙和女丁　救命啊! 救命啊!

年轻男子　救救我父亲!

〔第五扇窗亮灯,男丙出现,他身穿睡袍,看上去刚从床上
起来。

男　丙　再也没法睡觉啦! 住口吧!

护　士　你完蛋啦。你的钱归我啦。

女　丁　这原本是给穷人的。

女　甲　救命啊!

女乙和女丙　救命啊!

护　士　(对女丁)骗子! 老巫婆!

〔她朝女丁走过去,女丁叫喊。

男　丙　(在第五扇窗)安静! 也要替别人想想哪!

〔年轻男子再次从第二扇窗消失,片刻。

护　士　(冲向女丁)瘟神!

女甲和女乙　救救我们! 救救我们哪!

〔护士扼住女丁的喉咙。

女　丁　不不不不!(她发出一声可怕的叫声,倒地)

年轻男子　(再次出现在第二扇窗,抓住两个女人的肩膀)父亲
死啦!

男　丙　(在第五扇窗)我明天早上还要上班呢!

〔两位警察上,各自手里端着一支冲锋枪。

警察甲　谁也不许再走出这幢房子,否则我就开枪。

〔他托起枪把进行瞄准。

男　丙　（在第五扇窗）安静！

警察乙　无论生死，他们谁都不许出去！

　　　　〔女丁在房子里叫喊着倒地。

老　人　蠢货！

　　　　〔他开了一枪，从窗口摔落，掉在马路上。

女　甲　死人啦！

　　　　〔她从窗口跳下，倒在马路上。

女乙和女丙以及年轻男子　救命啊！

男　丙　（用手捂住耳朵）安静，你们把我的耳朵吵聋啦！

警察甲　（对警察乙，指着马路上的尸体）他们到底还是出来了！

警察乙　（就在其他三人喊救命、男丙要求安静的同时）还不如去把其他人都了结掉更好！不啰嗦！

　　　　〔舞台指示：女乙、女丙和年轻男子可以继续在他们的窗口做动作，但也可以毫无理由地各自出现在前三个窗口，手臂始终像木偶一样舞动着。

本场完

十二、工作提示：**本场为上一场的继续，不需落幕**

〔一名官员、两个卫兵上。

官　　员　　（对正在出来的警察甲和警察乙，此前人们听见房子里传来叫声和枪声，接着一片寂静；两个警察边走出房子边将手枪插入鞘袋）汇报。

警察甲　　长官先生，我们做了应该做的。

警察乙　　根据接受到的命令。（手指向窗户）但愿上帝怜惜他们的灵魂。

官　　员　　（对另两位刚刚上场的警卫）你们接替其他卫兵。天亮了。你们中午再交接。你们要把岗站好，监视好。口令相同。谁都不许走进你们看管的感染瘟疫的房子。也不许出去。特殊情况下，必须有省长批准，个别人员可以走进这些房子，但是不许再出来。任何违规都将处以死刑。企图违反本紧急法令的人，你们可就地枪决。你们之间谁要是阻止不了里面人员出来，同样要处死。关在里面的居民向你们提出要求时，可以为他们提供吃喝的东西。你们把门打开一条缝，把食品与饮料扔在门厅里；然后把门重新关好并上锁，不能以任何借口离开岗位。

〔卫兵们始终立正。

转向先前的两个警察：

检查。

〔警察甲和警察乙伸出手来,松开制服领子。长官仔细地检查其手下人各自的手、脸和喉咙。在检查完警察乙后,他喊了起来:

有症状……

〔警察乙欲逃。其他人把他围住,欲将其送进一幢门上已经打上红十字的房子。警察乙仍要逃。其他三人将其杀死。

官　员　我马上再派一个卫兵来。我叫运尸车来把他拉走。你们不要碰他。谁杀死他的?

〔警察甲站出来。

警察甲　是我。

〔警察丙站出来。

警察丙　是我。

官　员　把碰过他的刀给扔了。给你们新的。(指着躺在舞台上的其他尸体)运尸车也将把所有这些拉走。

十三、马路场景

　　在舞台的右侧，一个政治人物站在讲台上发表演讲，面对着人群，即三个演员以及场中的观众。舞台深处，有一家卖女式帽子、裙子和小玩意的商店。

演讲者　亲爱的公民们，我请你们来是为了跟大家谈谈咱们城市的未来。我冲破了禁止这场集会的命令，而你们也在我们领导人的眼睛鼻子底下踊跃前来。有人想把我们禁锢在家里，禁锢在担忧之中。他们的借口便是，有一种瘟疫正在我们中间肆虐。对他们来说，任何一种借口都是好的。在保护我们免受瘟疫侵犯的借口之下，他们把我们固定于一处，阻止我们行动。他们麻痹我们、控制我们、毁掉我们。瘟疫不管室内室外，一样地害人致死。但更多的是在房子内，因为空气不流通，而瘟疫恰是在不流通的空气中传播得更快。在自由的空气中，病毒为害则小。无论如何，它不会危害更大。封堵是一项坏政策，对我们有害无益，对我们领导人则是一项魔鬼策略。他们旨在防止我们健康地挺身反抗，旨在制止我们表达我们正当的诉求，旨在阻止我们聚集在一起，他们孤立我们，以使我们无能为力，以便瘟病打击我们。我在想，这场被称为"神秘"的瘟疫是否出自他们的发明。为什么要称之为神秘呢？是为了隐瞒原因、深层原因。我们在这里就是为了破除这种神秘。谁能在这场蔓延的瘟疫中获利呢？我们吗？不可能，因为我们会死掉。这种死亡是政治的。我们在玩压迫者游戏，我们只是他们的玩具而已。你们知道统计数据吗？十九万公民没有明显缘故地死去。最近这段时间，自从瘟疫肆虐以来，十九万人，也许此刻已有二十万人，因为我们的数据是两天前的，也就是说几乎死了总人口的四分之一。根据我们的估计，四到六万人躺倒在我们的医院里，正在垂死挣扎，因为人家是在帮助他们死亡而不是存活，还有六万人躺倒在他们的房子里，门外就有殡葬人员随时待命。要是这些殡葬人员处于待命状态，那又是谁叫他们待命的呢？我们的领导人。这也很好地说明他们正期盼着，他们预料到了，也许他们还做了准备。二十万人死了，十万人病了或正在死去，这样几乎就有三分之一的人口被抹掉了。我们又有多少市政官员呢？一个有二十一位议员的议会。在这二十一位议员中，有四位不在城区里面。当瘟疫发作、城门关闭的时候，他们正在度假。有人对我们说，这些人没有办法返回城里。我们不至于如此愚笨。在知道即将发生的事情之后，他们明哲保身去了。二十一位议员中有四位，大概占总数的五分之一。你们会跟我说，也有普通公民在城外，在度假。确实如此，也有普通公民在城区之外，但只是全体公民的二十分之一。他们不可能阻止所有的人外出吧。这样的话就笨拙了。然而，有五分之一的议员在城外，却只有二十分之一的市民在城外，事实生动地表明，这一切是何等地受到阴谋操纵。在十七个留在城区服务的议员当中，只死了三个人。就比例而言，这个数字与城里的死亡人数相比微不足道。而在三个死去的议员中，有一个是赞同我们的正当诉求的，他是议会主席的敌人、人民的朋友；另外两个议员还在犹豫之中,他们属于主席的派别,但并不十分信服,也不十分肯定。你们会反驳我说,这三位议员并非真是在其他议员的指使下被害的。当然如此。不过,即使采纳你们的反驳意见,我也要提醒你们注意这样的事实,即与其考虑这三位议员死亡的原因,或其死亡的理性原因,显然不如去思考他们都是目前或未来的体制反对者的意义。如果那四位议员都一样是出于偶然在外度假,那么正如我刚才跟大家所说的那样,他们偶然度假一事丝毫不能确定。这件事实同样充满意义,它出自有目的的偶然。可是我们还剩下十四位生龙活虎的、行使着职权的议员啊。如果这事以相同的节奏继续下去,他们便代表了我们城市总人口的十分之一;管好这样一个人口如此稀少的城市易如反掌。那些没有死的人将掌控在他们的手中,手脚都被绑缚。

人物甲　(围着演讲者的三个人物之一)发生瘟疫不是任何人的错!

演讲者　我不是百分之百这么主张。但是再说一遍,我们必须考虑的,不是瘟疫产生的原因,而是它的意义。死这么多人对谁有利?要找出谁是受益者。

人物乙　谁都不受益,因为死人的财产都给烧光了。

演讲者　房子呢?烧房子吗?还有银行抵押,是否和死人一起没啦?

人物丙　它们属于继承人。或者属于继承人的继承人,继承人的继承人的继承人。

演讲者　只要一个法令,就可以使之属于幸存者。但是,亲爱的公民们,肯定不是此地的我们,如果我们继续无所行动,他们就会成为有目的之偶然,实际就是我们那些无耻的领导人所预见的偶然所挑选的获利者。

人物甲　咱们行动起来!

人物乙　怎么办?

人物丙　告诉我们该怎么做。

演讲者　造反。行动。暴力。我不承诺瘟疫会消失,但我承诺瘟疫
　　　　的意义将会不同。杀掉收尸员,这些人为了掩盖真相,把尸体
　　　　包裹并掩藏起来,他们故弄玄虚并操弄玄虚。收尸员与政权同
　　　　流合污不言而喻,既然他们为所做之事获取报酬。

人物甲　他们当中也死了许多人。

演讲者　活该。他们是政权的爪牙。让我们先拿下市政府和官员们。

人物乙　乌拉!

人物乙和丙　好哇!

演讲者　跟我来!

人物甲、乙和丙　我们跟他走! 冲向市政府!

演讲者　要是我们碰到收尸员,就干掉他们! (演讲者从讲台下来,
　　　　其余三人喊道:"杀掉市政官,杀掉收尸员!")跟我来!

　　　　〔演讲者高举手臂,奔着从右下。

　　　　其余三人跟着他,边奔跑边喊:"杀啊!"一分钟后他们重新
　　出现。

人物甲　他倒下了。

人物乙　他直挺挺地倒地死啦!

人物丙　他们害的,这群混蛋!

人物甲　他是我们正当事业的烈士、有目的之偶然的牺牲品。

人物乙　他们害死了他。

人物丙　他们害死了他。

　　　　〔他们逃跑。穿过舞台。从左奔下。

十四、马路场景

在舞台的左侧,另一位演说家站在讲台上煽动群众,也就是观众;有三个人物围着他。

演说家乙　亲爱的男女公民们:在令人忧心忡忡的此刻,我们必须思考未来。不仅思考未来,还要考虑现在。必须为幸存者着想。幸存者,并非一定就是别人。幸存者也可能就是你我。在场的每个人都可能幸存。女士们、小姐们、先生们,我把你们召集过来,而你们不顾市政府的禁令勇敢前来。并非因为你我之间有人死了大家就得束手待毙。即使多数人死了,我们也还有足够多的人员来建设这个世界,建设一个崭新的世界。天国应该在地上实现,就在此地。我们能够建成,即使不是一座伟大的、完美的天堂,起码也是一个缺点尽可能最少的小小天堂。我向大家承诺自由中的社会正义。我们无意推翻现有机构,因为我们明白革命可能造成的损害。但是我们将改变一切,即使不是全部,至少也是多数。我们要减轻税赋。本城死人越多,税就缴得越多。我们在替死者缴税。这不公平。钱流向了何处?流向了市府官员的口袋,其中人数最多、收入最丰者为收尸员。你们当中如果有收尸员的话,可继续领取工资,只要大家投票选我。我们不仅会少缴许多税,而且还会提高工人工资,还要减轻沉甸甸地压在小商人们身上的税赋。由于苛税,大老板们已经无法维持其企业的良性运转。这些人也将和工人、大中小商人以及收尸员一样,获得部分税赋的减免。瘟疫一旦结束,我们都应跑去投票,因为我们要在法律之内行事。

人物甲 退休人员呢?

演说家乙 他们将享有特殊待遇。

人物乙 教师呢?

演说家乙 他们将享有特殊待遇。

人物丙 农民呢?

演说家乙 由于城里耕地十分稀少,我们可以满足人数有限,且瘟疫又不幸使之更加减少的农民们的需求,此事轻而易举而且不会引起其他社会阶层不满;从某种意义上,对所有幸存的农民们来说这将是一次机遇。

　　除此之外,亲爱的公民们,社会各个阶层的幸存者都将极大地享受到宽松的人口政策。当然,我并不认为目前的政策有问题,但如果为了全民的利益,我们有必要落实这一政策,并将从中受惠无穷。因为,我要跟大家承诺的是在繁荣中享受幸福。大家在一个好转的消费社会里,能够享受贫穷的益处却没有任何的不便。幸福人人可及。

人物甲 好哇!

人物乙 可是怎么调和矛盾呢?

演说家乙 什么矛盾?

人物乙 (似乎有所退缩)有些矛盾……怎么同时调解工人、老板和商人?

人物丙 (对人物乙)三方只要各自努力就行。

演说家乙 我有方案。共有十二点。

人物甲 （对人物乙）反动派！法西斯！

演说家乙 你们还看不出自己生活在怎样的心理环境当中吗！跟我们现有的这些城市官员们生活在一起！他们只想着死人，只想着怎样埋掉死人，只想着怎样把死人的东西给烧掉，以免瘟疫扩散，但它可能是瘟疫也可能不是瘟疫。我们的领导人满脑子都是死人，他们是一群魔鬼缠身的精神病人。这群人组成了一个垂死的、堕落的政府，一个不例外！

人物丙 打倒垂死的、堕落的政府！

人物甲 打倒被死人缠身的人！（对人物乙）你一声不吭，难道不同意吗？

人物乙 同意的，我同意。打倒被死人缠身的人！

演说家乙 根据我们的统计，有三位市政议员已经死去。另有两位已经病倒。怎么能相信这些为其治下公民树立了如此恶劣榜样的领导人呢？我跟各位承诺的是尽可能健康、在人类状况范围内尽可能长寿的执政官。我跟各位承诺的是幸福。

〔两名警察右上。

警察甲 禁止集会。

警察乙 散开！快走！

演说家乙 朋友们，我们散开吧，有秩序地散开吧。我们会胜利的，我们一定会合法地取得胜利。（演说家走下讲台。对警察）我们并非心甘情愿地撤离的。等我们上台后我会回报你们的。告诉你们，我们不要一个为死人制定政策却不愿为活人采取措施的政府。（演说家从容地离开，三人跟在后面。对三人）跟我走！

〔演说家和三人从左面慢慢地后退着下去，口中唱着歌。

演说家和三个人物 （用《马赛曲》调子）

当现任者下台之后，

我们的生涯宣告开始。

〔三人下。

警察甲　散开！

警察乙　（手指着观众席）两个死人！

〔他身子摇晃。另一位警察扶住他。

警察甲　他病了。出现了症状。救护车！救护车！

〔他扶着警察乙左下。侧幕传来叫喊声，混杂着其他人物

的歌声。

警察的声音　救护车！救护车！

〔黑衣僧人慢慢地穿过舞台。

十五、医生场景

会场。舞台中间摆着一张大桌子。全市医生代表会议。三个男人和三个女人。

医生甲 我们的科学无能为力。

医生乙 只是在这些病例上无能为力,只是今天无能为力。明天就不会无能为力了。

医生丙 宣扬科学无能为力会导向神秘主义,这为法律所禁止。或者导向不可知论,这为医学家、化学家、物理学家、生物学家以及政府和卫生委员会所反对。

医生丁 并不是神秘主义让马路上充斥了尸体、成千上万的尸体呀。

医生戊 但也不是科学呀。他们之所以死掉是因为他们没有遵守卫生条例。

医生乙 大学的医疗教育以及大众的卫生教育和预防措施都有设计缺陷。在有的街区,甚至就不存在。城市管理部门必须检讨。必须逮捕议员、市长及其助理,以及其他长官。

医生丙 必须审判他们,判处他们死刑。

医生甲 对他们当中许多人来说,这已经没有必要。

医生丁 人们并不是因为无知才死掉。

医生己 您难道是神秘主义者吗?是的,人就是因为无知才死掉的。

医生乙　如果大家自觉地、不折不扣地遵守医嘱,谁也死不了。

医生丙　从理论上讲,只有那些思想上放松警惕的才会死掉,而且死得莫名其妙,自己都没有发觉,或者是那些想找死的人,或者是死刑犯或者死在战场的士兵。

医生丁　和平时期也死人。也会无可奈何地死掉。这也是为什么许多人、懂礼貌的人死的时候会感到抱歉。

医生戊　人们死是因为很想死。但这个"很想"是个复杂的想。

医生己　当人接受死亡时,不管有无意识,人就会死掉。是人让步了,放弃了。勇敢的人,以及那些为自由而斗争、为自主而努力的人,他们不该放弃。

医生甲　人不可能不放弃。

医生乙　人可以并且应该不放弃。

医生丙　如果死了,那是因为人们十分甘愿在瘟疫的力量面前退让。而死亡是反动的。它不应该干扰进步的力量。

医生丁　不过,我们还是受到时间的限制。这是个基本的、普通的常识。我同时为死亡的存在感到难过,也为我得跟你们重复这个常识,可你们却企图否认这个常识而痛心疾首。

医生戊　您应该被判死刑。这样吧,既然您顺从死亡,我们可以赐您一死。一个小小法庭,一次小小审判,事情就成啦。

医生己　拥有激情的集体对死亡无所畏惧,对那些意志坚定的人,对学术造诣深厚的人,对那些冲锋陷阵并且始终勇往直前的人而言,死亡并不存在。死亡,它是一种反动的诱惑。

医生甲　我和我杰出的同仁、医生丁的想法一致。生命的尽头,必然是死亡。

医生乙　这位同仁必须跟我们解释清楚他所谓的"必然"是什么意思。

医生丙　不存在什么必然。要么是有些公民被法庭宣判有罪,如犯下反人类罪和叛国罪。要么是医疗界人士审定,由于无法满足所有人的需求,必须灭掉百分之二十、百分之三十或百分之四十的公民。在这些情况下,处决的是,而且仅仅是所有那些因为神秘主义而相信死亡的人,或者不服从公共卫生法律的人,或者相信死亡甚于相信生命的人。我们不需要这些人。他们死了活该。

医生丁　我们人人都要死,只不过是死缓而已。

医生戊　拿出证据来。

医生己　他永远也拿不出证据来。

医生甲　哎嗨,生物法则本身已经向我们证明了这一点,更不用说数量巨大的尸体,他们生前都是身体健康、思维正常的人。

医生乙　所有那些死去的人都是由于偶然的年老、疾病、心脏停止跳动、大脑停止运作而毙命的。教育和实践都已经很好地让您了解了这些,这是连小孩子都清楚的事。一个浸透了科学思想的人、一个脑袋里装着理论学说及其实践的人是死不了的。

医生丙　您重申得好。

医生丁　因此,先生们、女士们,你们坚持认为,这些成千上万的人是死于无知,死于信邪,死于他们无法相信学说的真理。

医生戊　我们可以肯定这一点。他们生前容易相信敌对的宣传,所以成为牺牲品。正是由于敌对的宣传,我们的科学才不够强大。他们是牺牲品,但他们也有过错。他们本该相信我们。可惜呀,他们有着不同的信仰,陈旧而且过时,但仍然有活力。

医生己　还有这样的人,他们认为一切行动都无济于事,革命也好、变革也好都一无用处,原因呢,他们说,无论如何,尽头都是死亡。

〔从下面的台词开始,可以用唱歌的形式来表现。某种走调的歌剧腔。

272

医生甲　这是一条值得考虑的理由。

医生乙　您是失败主义者吗?

医生丙　难道您是反动派?

医生丁　我相信死亡是存在的。

医生戊　这是可耻的。

医生己　我永远不会死。

医生甲　我打赌您会死。

医生乙　(对医生甲)死掉的是坏公民。

医生丙　濒死的人不够讲政治。我们应该处罚他们的后代。

医生丁　死亡是真正的异化。

医生戊　你们说的都是套话。

医生己　(对医生甲)常识只给我们带来虚假的真理。在常识与真
　　　　理之间,存在一道鸿沟。

医生甲　你们不愿意考虑死亡,那么死亡就会考虑我们。我们无法
　　　　阻止死亡。

医生乙　不对。

医生丙　不对。

医生丁　我很愿意说您有道理,缺乏的不是心意,我没有心。(他站
　　　　起身来)对不起。

　　　　〔他倒下。

医生戊　他死啦。

医生己　我对此并不感到奇怪。

医生甲　我对此也不奇怪。

医生乙　但不是出于同样的理由。

医生丙　这是他的错。是他自己要的。他树立了一个坏榜样。死
　　　　亡并不是规律,这是例外。

医生戊　坏榜样是会传染的。

医生己　活着的老百姓相当愚蠢,是会追随坏榜样的。我们会开导他们。

医生甲　会传染的是瘟疫。对不起。抱歉。

〔他倒下并死去。

医生乙　你们瞧。

医生丙　你们瞧。

医生戊　你们瞧。

医生己　你们瞧。

医生乙　他获得了应得的。

医生丙　他对死亡的信仰害死了他。

〔歌唱部分结束。

医生戊　我们来证明:死亡对我们来说不存在。

医生己　我们相信科学与进步,我们将树立好的榜样。

医生乙　打倒死亡!

医生丙　生命万岁!

〔四个医生下。侧幕传来他们的声音。再次唱歌。

医生戊　别倒下。

〔跌倒的声音。

医生己　别倒下。

〔跌倒的声音。

医生乙　别倒下。

〔跌倒的声音。

医生丙　哎嗨,别跌倒啊,哎嗨。但愿我不要倒下。

〔跌倒的声音。

本场完

十六、马路场景

还能听见警察叫救护车的声音，一位老头儿和一位老太太左上。老头儿扶着老太太。他们慢慢地、相当困难地向右边走去。他们将坐在长椅上。

老太太　今天天气真好。看看落日。是不是美啊。你一言不发。

　　　　你不喜欢蓝天？不喜欢落日？从前你是喜欢的呀。

老头儿　你总是觉得什么都美：雨、雪、蓝天、太阳、马路、人行道。

老太太　一切都美，哪怕是阴沟。

老头儿　也许吧。

老太太　我看到的一切都让我高兴。

老头儿　你还年轻，太年轻。

老太太　一切都是奇迹。生活的每一刻都让我兴奋。

老头儿　起初，世界令我沉浸在惊愕之中。同样，我也审视着："这一切都是些什么呀？"后来，我从惊愕中清醒过来："我是谁呀？"自我审视便成了一种新的愕然。我过分专注于这个世界。过于专注于这个自我：我不得不把它说出来，不得不把它喊出来。跟谁说？跟我自己，为我自己，然后跟别人。这个问题先是孤立的。提问的对象是自己。一种绝对的孤独诘问着宇宙，那无形的宇宙。最后，在"这一切都是些什么呀？""我是谁呀？谁是我呀?"之后加上了"我为什么在这儿、被这一切包围着?",这第三个问题已经不再单纯。它不那么形而上学,更实际,更有历史感,但是,在最初的惊愕当中,已经含有一种胁迫感,这个世界和我自己都令我忧虑,直至恐惧的程度。我们的生活正是伴随着这个开始的。只要诘问还存在,生活便令人激动。之后,诘问不复存在,人感到疲倦。剩下只有胁迫,这种吞噬生命的忧虑。世界成为习以为常、自然而然。只剩下疲倦、厌烦和永远挥之不去的恐惧,剩下的唯有自始便在的恐惧。生活不再是个奇迹,而是一场噩梦。我不知道你如何能够使奇迹完好无损的。对我来说,每一个时刻都是既沉重又空虚。一切都令人恐惧。我在焦虑中感到厌烦。

老太太 人怎么会厌烦呢?树厌烦吗?道路不厌烦。湖泊映照蓝天并与之连为一体。

老头儿 家具厌烦。墙壁渗透出厌烦。门是悲惨的。开启时,它们在叫喊。关上后,它们在呻吟。

老太太 植物在阳光下茁壮成长。叶子从来不会枯萎。我以目光抚摸众人的脸庞。

老头儿 脸却自我封闭起来。再说,我讨厌所有这些眼睛。脑袋瓜都是些木柴。一切都是又黑又脏。石块就在那儿,在它们的囚牢里,被静寂的重量压垮。

老太太 石块也是,它们长着脸庞。它们微笑着,歌唱着。

老头儿 全都枯萎了。我已经枯萎。我二百岁啦。我所有的时间都在期盼生活。可惜啊,我不再期盼了。除了虚无,没有任何东西好期盼了。

老太太 我心中唯一的伤痕,是你的哀伤。我唯一的伤痕。我就在你的身边,你怎么能不幸福呢。你在,那宇宙范围之内的存在,

276

对我就已足够。我自语道,你存在着,我感谢你。

老头儿　自从……自从我们到这里以后。

老太太　自第一天起,就没有改变,而我的爱情总在更新。每一天对我而言都是第一天。因为这第一天我接受所有的日子。我满足于世界的神秘存在,满足于我的环境,满足于存在的意识。我没有感觉到需要知道更多。任何问题都会戳透人、刺伤人。任何问题都在质疑一切。自问,便是拒绝,尽管并不知道是在拒绝。自问,便是缺乏信心,或者本身就是空虚。确实如此,这是一件性情之事。自出生之日起,人就选择了拒绝或者接受。如果你高兴,我的天空便是万里无云。我会高喊我的快乐,我会手舞足蹈。如果你愿意,如果你任我安排,我会把我的快乐带给你,我会把你抱起来。让我们跳舞吧。(他们继续艰难地往前走)每个早晨都新鲜如初。每一缕曙光下世界都在新生,洁净无比,纯真无比。如果你这样伤心,那是你爱我不够。

老头儿　我什么都不爱。不过你呢,我是爱你的。以我的方式爱你。如我所能地爱你,尽可能好地爱你。竭尽所能地爱你。竭尽全力地爱你。

老太太　你并不能爱得多深,超过无动于衷罢了。

老头儿　不对,既然我怎么都需要你。

老太太　我只需要你。还需要一点蓝天,一点光明,一点黑暗,一丝丝热量。

老头儿　难道你不看看你的周遭吗?我们有什么理由可以幸福又快乐呢?

老太太　你才不会看呢。

老头儿　是你。

老太太　你看得不够远。好啦,我们不要吵嘴啦。

老头儿 你怎么能够容忍这种焦虑呢？我们周围的人都恐惧。他们凝固于自身的不幸之中。

老太太 你总是恐惧。哪怕没有恐惧的理由。让那些人恐惧去吧。他们必须治好的就是这种恐惧。

老头儿 是的，我总是焦虑。压在我心头的并不怎么是害怕别人，我光焦虑就足够了。今天我又看到焦虑反映在所有人的眼光中，它在倍增。

老太太 我的腿有点不舒服。

老头儿 你累啦？

老太太 没什么。你挽住我。

老头儿 从前，很久以前，我与情绪低落抗争。我的身上有着我以为永不枯竭的快乐源泉、生命源泉。快乐在与我的焦虑抗争。我是多么地热情奔放！多么地青春！多么地富有！当然，焦虑也很强大。谁会相信我衰老得这么厉害、这么快速！随着我的衰老，你越来越年轻。而对我来说，一秒延续一年，一年只是一秒。

老太太 亲爱的，我很好地学到了爱情。我越来越爱你，每天都更加爱一点。你是我唯一不理解的人，所以我才爱得如此痛苦。

老头儿 这样会一直走向哪里呢？我在这个世界已经活了几个世纪，同时又只是一会儿。很久远，又极短暂。负担越来越重。一切都暗无天日。

老太太 这都逐步缓解啦。还会进一步缓解的，如果你没有痛苦，就没有任何沉重的东西了。你的痛苦是我唯一的重负。你放开点。噢，看这家橱窗和漂亮的裙子。

老头儿 我们的状况不堪接受。我再也不能生活在这座城市。被关住的我，再也无法生活在我们这个家里。被关住的我，厌恶家庭。厌恶一切家庭。我们被关住。我们被关住。我不想回家,可是我知道我会回家。

老太太　要是你知道自己所追求的目标的话! 你从来就不知道。我的爱人。你给我造成什么样的痛苦哟。我爱你。

　　　　　〔她所说的情话和他表达的反抗当然都是以老人的声音说出,这些声音相当沙哑。

老头儿　对,对,我们相爱,我们相爱。唉,我也无法在外面生活。我出去,就是为了回来。我回来,就是为了出去。我每一次出去,都只是为了回来。回来,回归自我。我回来并且不断回归自我。从来都是这样。可是至少有一个来回呀。现在呢,可惜啊,我的腿折了,我的臂垂下来了。我倒下……你可不要倒下啊!

老太太　(差点跌倒,老头儿拽住她)一个闪失。对不起。我不知道怎么回事。会好的。

老头儿　你感觉不好吗? 要不要休息?

老太太　好啦,我想。继续散步吧。我极其喜欢被你挽着散步。

老头儿　散步,多无聊啊。可是家里令人无法忍受。我既不能坐,又不能躺,也不能站。我想奔跑。真累。

老太太　世界是温暖和深厚的。马路、大街十分宜人。家中窗户旁边十分宜人。

老头儿　宇宙是一只大钢球,无法穿透。从前,它可是一片开遍鲜花的草原,虽然有毒,但终究是花。我在草地里奔跑,在麦田里奔跑,在河边奔跑,好抓住我的梦。

老太太　那个时候,你已经疯了。不应该奔跑。采摘时稍稍蹲一下就可以。一切都是唾手可得。不要企图抓住梦。是梦抓住我们。我们自己就是梦中的样子。

老头儿 我失去了生命。

老太太 如果我赢得了你,我就赢得了生命。你为什么要这样抗拒我,亲爱的? 你为什么不知道抓住? 你为什么不敢?

老头儿 我自以为生来就该是自由的、胜利的。可我没有敢这样。我从来不敢走到底。我不懂得拿定主意。

老太太 你并没有全心全意地去想。

老头儿 我在痛苦方面倒是走到了尽头。走到了时间尽头的尽头。我为什么没有一刻获胜过? 为什么没有征服星球? 为什么宇宙不要我?

老太太 我还是希望能够学会爱。我对你还抱有希望。

老头儿 (讽刺地)当然,只要我们没有死。(短暂的停顿)活着,彻底自由。现在这些已经引不起我的兴趣。可应该是这些能够把我治愈。

老太太 我会帮助你。直到我使尽最后一把力。

老头儿 这再也引不起我的兴趣。我什么都不想要。我只希望,不要再遭受这种正在将我吞噬的绝望、这种烦恼。

老太太 亲爱的,你病啦。可是我对你还是抱有希望。我希望……(她突然感觉不适)我喉咙痛。我头疼。

老头儿 你身体摇晃。

老太太 没什么。别害怕。

老头儿 (扶住她)你变得虚弱了,亲爱的,你都站不住啦!

老太太 肚子疼。火烧似的。

老头儿 靠在我身上。咱们回家吧。

老太太 别害怕。

老头儿 挺住,我求你,我会抱你的。来,我给你治治。

老太太 我喘不过气来。好好扶着我。没事,会过去的。我以前有过。

老头儿　她可从来没有这么痛苦过。你从来没有生过病。我的天哪,帮帮我们吧。她有瘟病的症状,她有症状啦。

老太太　帮帮我。别慌张。我们慢慢回去。我会躺下来,你将留在我身边。会过去的。你也会好起来的。

〔她欲跌倒,他勉强把她扶住。

老头儿　(扶着老太太,十分困难地往前走)亲爱的,你答应过要跟我一起待到最后的日子。你不能离开我,你答应过的。你不应该。你不应该。除了上帝,还有谁能帮助我们! 上帝又不在。

老太太　带着我走,我带着你。

老头儿　房子不远啦。

老太太　真远啊。不过我行的。既然你在。

老头儿　亲爱的,拿出点勇气来,我的小亲亲。你必须为我们两个人鼓起勇气,我已经没有了。

老太太　正是。我会躺下来,你会留在我身边。我们将肩并肩。这就是幸福。我们会治好的。我们还有很长的时间要一起度过……一起生活。

老头儿　不要抛下我。不要抛下我。不要这样做。我有了你,我要护着你。我怎么会没有理解呢?

老太太　我们相互理解啦……

老头儿　太晚啦。黑暗将把我们吞没。快乐刚才还在。我那会儿不知道。来吧,乖乖,来,我带你回去。你在黑夜里抱着我。

老太太　还有一段时间。

〔他和她一起左下,几乎是拖着她走。

老头儿　救命啊,朋友们,兄弟们。

〔他们消失。

已经有一段时间,在舞台右侧的角落里,有一组四个女人在窥探着。左边出现一辆运尸车,由两个充当马的演员拉着,两侧各有一个收尸员。车子前面是黑衣僧人,他穿过舞台,右下,不出一声。车被拉向舞台深处的商店。

收尸员甲 呀!

收尸员乙 呀!走哇,蠢驴!

女　甲 在商店里。

收尸员甲 尸体在哪里呀?

女　乙 在小店里。

女　丙 躺在柜台上。

女　丁 他们太有钱了。

女　甲 他们吃得相当饱、喝得相当足。

女　乙 喝得太足、吃得太饱。

收尸员甲 (打开商店的门)没什么好看的!

　　　　〔他走进去。

收尸员乙 我管女尸,你负责男尸。

女　丙 这些人不厚道。

女　丁 他们不值得同情。

女　甲 他们想不到穷人。

女　乙 我再也不替他们还债啦。

　　　　〔四个女人一直走到店门口。

女　丙 他们是我丈夫的堂兄弟。了断得好。我丈夫也死啦。

女　丁 了断得好。

　　　　〔两个收尸员出来,一人背着女的,另一个背着男的。他们把尸体扔在车上。女人们后退。

收尸员甲 他们过世整整两天啦。

收尸员乙 (对女人们)喂,你们闪开!

收尸员甲　走开！否则我就把尸体往你们脸上扔！

〔四个女人在舞台上四处逃散。

女　甲　（对收尸员们）还是我通知你们的呢！

收尸员乙　这又没有报酬！闪开！不许动！

收尸员甲　（对收尸员乙）嗬！他们又胖又肥！

收尸员乙　（对收尸员甲）汤贩子身上沾满了汤渍！

收尸员甲　鲜花贩子,帽贩子！

收尸员乙　（对着马）吁！

收尸员甲　抽鞭子呀！

〔他们赶着车右下。

女　甲　他们走啦。

女　乙　不能抢劫。

女　丙　不必难为情。

〔三个女人进入店铺。

女　丁　我不会难为情的。

〔女丁走进店铺。

僧人再次出现,他从反方向穿过舞台。下。女甲走出店铺,拿着一顶巨大的花饰帽子。

女　甲　我早就想拥有这顶帽子了！

〔女乙走出店铺,胳膊上搭着几条裙子。

女　乙　几条裙子！还有一顶帽子！

女　丙　（从店铺中出来）首饰,人造花,多么漂亮的项链。

女　丁　（从店铺中出来）帽子,帽子,还是帽子！

〔她们脱下旧裙子,用拿来的新衣新帽打扮自己。她们刚才身上穿的都是黑色,现在只见她们穿戴着五颜六色的裙子和帽子。她们手上拿满了东西。东西都掉在了地上。她们争吵

283

起来。叫喊着。她们还拿着阳伞和雨伞。

女　丁　是我的！不,是我的！你从来没有穿得这么好过！我又不是山沟里来的！给我！他看见我后会惊呆的！他会高兴的！这项链是我的！我喜欢花饰帽子！我喜欢绿裙子！你穿不合适！绿裙子我穿好看极了！可惜没有镜子！我的翎毛！我才不在乎你的翎毛呢！

　　　　〔她们穿得花里胡哨,十分可笑,翎毛在舞台上四处飞扬。她们你争我夺。每个人都有好几顶各种颜色的帽子,舞台上到处都是破衣烂衫,不可计数。

女　甲　他们活该！

女　乙　他们现在不小气啦！

女　丙　给我们省钱啦！

女　丁　我们穿得像富人哪。

　　　　〔女戊左上。

女　戊　(对众人)小偷！

女　甲　你也来拿嘛,这碍你什么呢?

女　戊　他们是我的叔叔和婶婶。我是法定继承人。

女　乙　已经属于公共财产啦。

女　戊　把我的帽子、我的裙子还给我。

女　丙　过来拿呀！

女　戊　我要到警察局申诉。

女　丁　我们是经过批准的。

女　戊　胡扯。

　　　　〔她向四个女人扑过去,时而扑向这个,时而扑向那个,时而又把掉在地上的东西捡起来。有人用伞捅她。她也把能够拿到的衣服穿在身上。她们又是叫又是闹,扭作一团。无数的

284

花朵和翎毛到处飘荡。场上应该形成一个色彩斑斓的活动画面,每个女人身上穿的都是偷来的衣服。女乙和女丙先后走进店铺,然后又捧着其他裙子、帽子出来,动作十分迅速,同时把东西四处乱扔。

本场完

十七、马路场景

市政官员　（周围有三个女人跟着，她们几乎抓住他不放）我跟你们
　　　　重申，我什么也帮不了你们。

女　　甲　没有面粉啦，一块糖也没有啦。

女　　乙　一滴油也不剩啦。

官　　员　我无能为力。省着点吧。你们很清楚，再也不能供给啦。
　　　　我们被围城了，我们被困死了。您要我上哪儿去找油啊？我又
　　　　变不成油。我又不能变成糖。

　　　　〔他试图脱身。

女　　丙　（手上抱着一个婴孩）在我们的街区，下城区，饿死的人跟
　　　　病死的一样多。

女　　甲　饿死的更多。

官　　员　那么，你们习惯了。

女　　乙　在富人街区还有吃的。

女　　丙　富人街区有吃的。他们什么都不缺。

官　　员　这是因为他们知道节省。他们没有像你们这群饿死鬼一
　　　　样扑向食物。他们留了一些在旁边。这就是他们现在还有吃
　　　　的原因。

女　　甲　他们有东西可以储藏。他们能够成堆成堆地储藏，要多少
　　　　有多少。

官　员　你们运道好。饿死比病死好。

女　乙　让大家平分，均分。我更愿意病死。

女　丙　让大家分。

女甲、女乙和女丙　大家分！大家分！

官　员　这是违反法律的。每个街区都有仓库。政府不允许把储
　　　　藏食物从一个街区运到另一个街区。

女　甲　我们要面包。

女　丙　（指着官员）把他吃了。

官　员　救命啊！（官员挣扎并逃下）救命啊！

　　　　〔官员从观众的右侧逃下。舞台上，女甲和女乙冲向女丙，
　　　　要抢她手中的婴儿。

女　甲　把婴儿分掉。小孩子的肉比那位官员的烂肉要好吃得多。

女　丙　救命啊！我的孩子！

　　　　〔女甲和女乙带着婴儿逃走，两人相互争夺着。

女　甲　给我。

女　乙　主意是我出的。

女　丙　我的孩子！还我的孩子！

　　　　〔她冲向其他两个女人，口中喊道："我的孩子！"争夺当中，
　　　　小孩在她们手里传来传去。

女　甲　是我的。

女　乙　是我的。

　　　　〔她们为了小孩厮打开来，边打边下；几乎就在此时，人们
　　　　看到女丙出现，她奔跑着穿过一半舞台，停下，她成功地从其他
　　　　两个女人手中夺回小孩，抱在怀里。

女　丙　亲亲，我的小亲亲，我把你救出来了。（她朝观众右边的出口
　　　　走去，一边亲吻着孩子）她们把你弄疼了，亲亲，她们把你弄疼了。

〔一个男人从舞台深处出来,尾随在她身后,悄无声息地迈着大步。从他手中突然亮出一把刀,他将刀刺进了女丙的后背;她叫喊了一声倒在地上,但始终紧紧抱着怀里的孩子。男人从被他暗杀的女人手里抱过孩子,逃下。又一个男人上,带着另一个男人或另一个女人。他们急忙冲向女丙的尸体,并把它拖到观众左方的侧台。

男　人　一具还十分新鲜的女尸。

男乙或女乙　她够瘦的。

　　　　〔他们抬起女尸。

男乙或女乙　但总要比一个男人嫩些吧。

　　　　〔他们消失。此时另一个女人从观众右边上,并慢慢地穿过舞台,朝左边走去。她手里端着一个盛着馅饼的盘子。

女　人　好吃的热烘烘的肉馅饼啊,先生们女士们,好吃的新鲜肉馅饼啊,好吃的肉糜馅饼啊,好吃的嫩肉馅饼啊。来买呀,买吧,一百法郎一打,一打十三只。(她从左侧下,嘴里还在说)新鲜的肉呀,比绵羊的肉还要嫩,嫩极啦。先生们女士们,请尝尝啊。(人已经下去,但还能听见)尝尝啊。

　　　　〔就在同时,两个人物,两个男人或两个女人,或一男和一女,右上。

人物甲　食人肉的吗?

人物乙　是的,是的,食人肉的。

人物甲　不是的,瞧瞧,不是专业的,他们不是专业的。业余爱好者?甚至都不是。只是随机的吧。并不是因为两三个丈夫吃了他们的妻子就成了食人肉者,也不是因为有一些父母为生活所迫而吃了一个孩子就成了食人肉者。不过,我还是提请你注意,吃的人,不管小孩还是大人,不能有丝毫疾病。这只是预防

288

而已。用我们的话说,是一个卫生问题。如果吃了一个生病的人,吃的人自己也要生病。这要冒非常大的风险。不过,要是实在饿极了……一个健康的活人……让你开胃的话……再说呢,在任何时代,必要时都这样做。

人物乙　是的,确实如此。有什么办法,总得人吃人吧。

人物甲　一切都是人性的。您明白,一切都是人性的。正是因为瘟疫我们才出现在这里。否则,正常的话,我们会相亲相爱或者互相憎恶。不过我呢,无论如何,我不相信这类食物,我怀疑,因为有瘟疫。

人物乙　您明白,瘟疫无所不在。而且,您住在富人街区,您还应有尽有。

〔他们从观众左侧下。两个人物右上。

人物甲　如果您想要高帮鞋,跟我来。(人物乙犹豫)您为什么犹豫呢?您真的想要吗?

人物乙　(犹豫地)是的,是的,肯定要。

人物甲　那您怕什么呢?我家里没有瘟疫。高帮鞋在我家里,您要我把鞋放在哪里呀?(他们走近舞台深处的一扇门)那么,您想不想上去呀?(他稍稍推他一把)我把高帮鞋三钱不值二钱地让给您。瞧瞧,您就会有跟我一样的高帮鞋啦。(人物甲确实穿着一双非常漂亮的高帮鞋)相当于两公斤面包而已。

人物乙　可是这些高帮鞋,是不是……

人物甲　是呀,您放心吧,都是消过毒的。(他敲门。门开了)我给您带了一个大活人……看上去健康。

〔一个人从门里出来。他一只手上攥着一把刀,伸出另一只手将人物乙拉向自己,人物甲则将他往里面推。门很快关上,同时听见人物乙发出一声叫喊。

289

一辆马车从左边出现，也许由黑衣僧人拉着。车上载满了尸体。一个女人或者一个男人冲向马车，马车继续被拉向右前方，接着有一个男人试图将车上的一具尸体朝自己的方向拉过去。他们把尸体拉出了三分之二，然后从右边消失。从右边上来一个男人，手里挥动着两颗人头。他朝左边奔过去，下。后面跟着一位吹着哨子的警察。

本场完

十八、尾　声

　　一位政府官员从观众左侧上,剩余的人群跟着,各自从左右两侧上,逐渐站满舞台;新上场的人群与戴帽子的女人们混在一起。

官　员　（奔上）亲爱的公民们,请听我说。公民们,同志们,兄弟姐妹们,请听我说。我要跟大家报告一个重大消息。听我说,听我说。

男　甲　听他说!

女　甲　他又要跟我们宣布什么灾难呀?

女　乙　几个星期以来,几个月以来,市政府只提供不幸的消息。

男　丙　打倒市政府!

女　丙　打倒市政府!

女　丁　（唱）打倒市政府!

所有女人和两个男人　（合唱）打倒市政府!

官　员　请听我说。

男　丁　听他说!

女　戊　这是市政府的错!

女　己　他们是杀人犯!

官　员　听我说!听我说!

男　戊　谁也不为我们的苦难承担责任。

男声合唱 （唱）没有责任人。

官　员　请听我说！

男　己　苦难的根源就是我们的恶习和罪行。

男声合唱 （唱）我们有责任。

女声合唱 （唱）我们没有责任。

官　员　请听我说！

女己、女庚和女辛　（手指着男己、男庚和男辛）是你们的错！你们的错！

男己、男庚和男辛　（手指着女人们，唱）是你们的错！你们的错！

官　员　请听我说！请听我说！

女　戊　（对官员）我们不再愿意听您说。

〔歌唱部分至此结束。

男　甲　谁也没有罪。

男　乙　我们没有受到惩罚。我们是一场荒诞瘟疫的牺牲品。没有任何道德意义。

官　员　请听我说！（唱）好好听我说啊！

女　甲　这是政府部门的错。

男　己　这是那些大腹便便的大资产者们的错。他们生活奢侈，这就是我们此时为他们的饕餮之罪付出代价的原因。

女　己　为他们的恶习。

女　甲　为他们的罪行。

男　庚　为他们缺乏善心。

男　辛　为他们的奢侈。

男　己　为他们的无神论。

女　己　这不是富人的错，而是穷人的错。

女　庚　他们肮脏。

女　辛　是因为他们不卫生。

女　甲　是因为又穷又脏的酒鬼们。

官　员　（唱）请听我说！请听我说！

男声合唱　（除了男甲和男乙。唱）是富人们的错。

女声合唱　（唱）是穷人们的错。

官　员　请听我说！

男　甲　那就听他说！

官　员　我要给大家宣布一个好消息。

男戊、男己、男庚和男辛以及全体女人　是市政府的错。打倒市
　　政府。

男　乙　他要跟大家宣布一个好消息。

其他男人　他要跟我们宣布一个好消息。

女　甲　他说他要跟我们宣布一个好消息。

女　丙　似乎是一个好消息。

官　员　请听我说！

全体男人　我们听他说！

全体女人　我们听他说！

官　员　亲爱的公民们，我们的数据表明，瘟疫正在消退。而且消
　　退得很快。消退得飞快。在二十三区，上个星期有五万人死
　　亡，这个星期只有三人死亡。

女　丁　好像瘟疫在消退。

女　丙　瘟疫在消退。

官　员　在十五区，前一个星期有九万人死亡，现在只有三人。在
　　一区，上个星期有八万人死亡，这个星期再也没有人死亡。还
　　有，在我们这个区，一位鼠疫患者被治愈。没有人死亡。

女　甲　再也没有死亡。

男　甲　瘟疫离开了。

男　乙　我们需要确定。

女　丙　确定。

女　丁　确定。

男　戊　确定。

官　员　政府从来没有对你们隐瞒真相。在最为残酷的时候，我们都向你们公开了数据。从来没有向你们隐瞒死亡和垂危人员的数据。我们尽了一切可能来阻止瘟疫的蔓延，采取了严厉的甚至不得人心的措施。今天我们没有任何理由撒谎。

女　戊　拿证据来。

男　己　我们要看证据。

官　员·证据嘛，你们有。自从我来了之后，没有人死过。再也不会有人死啦。我以我的名誉保证。

男　甲　他以他的名誉保证。

男　乙　政府万岁！市政府万岁！

女　甲　我们放心了。

男　戊　我们获救了。

男　丙　好哇！

　　〔男人和女人们齐声叫"乌拉"。

　　他们继续喊着"乌拉"，相互拥抱，欢乐情绪迸发。这个疯狂的欢快场面要持续一分钟。大家把官员举了起来。然后，人们突然看到舞台深处一束火苗蹿起，并在整个舞台上燃烧开来。

某　女　火！

某　男　火！

　　〔大家放手丢下官员，官员迅速爬起。

某　男　着火啦！

某　女　救火啊！

另一个女人　救火啊！救命啊！

某　男　救命啊！

某　女　逃命啊！

某　男　火来自富人街区！

某　女　不对，火来自穷人街区！

官　员　往那里逃！

　　　　〔他指向右边。

某　女　不能啊！

某　男　我们不能往那里跑啊，那里是一片火海！

官　员　往那里跑啊！

　　　　〔众人往左边奔，嘴里高喊："那里也有火！"

官　员　（指着舞台深处）从那里走！

男人们　（朝舞台深处奔，叫喊）往那里走！

某　男　那里也不行！

另一个男人　我们跌入陷阱啦。就像老鼠一样。

　　　　〔全体人员向舞台前方走来，然后又转过身去，喊道："火！我们都要被烧死啦！火！火！"

　　　　黑衣僧人从观众右侧上，所有的人都与他擦肩而过，但谁也没有看见他，他在舞台中央站好，一动不动。

全剧终

在大幕前面站着一位中年人,中等个子,从其穿着来看,属于中产阶级。他在对观众讲话。

男　人　(声音响亮地)夫人们,小姐们,先生们,(接着,他突然停下,双手捂住肚子,做起怪脸)哎哟,对不起。

〔他快要倒地时,大幕打开,两名壮汉将其抱住。由于大幕开着,所以人们看见在一张桌子上放着一口棺材,死人被装进去。两名壮汉盖好棺材,抬着棺材下。

本场完①

---

①　这一场景只是在有中场休息的情况下保留,供导演选择。导演可以把它插入剧情中间。——原注

Eugène Ionesco：Théâtre complet，tome 4

La vase © Éditions Gallimard，Paris，1970
La lacune © Éditions Gallimard，Paris，1966
Le jeune homme à marier © Éditions Gallimard，Paris，1966
Exercices de conversation et de diction françaises pour étudiants américains © Éditions
  Gallimard，Paris，1991
Jeux de massacre © Éditions Gallimard，Paris，1970
Le roi se meurt © Éditions Gallimard，Paris，1963

图字：09-2006-444 号

图书在版编目(CIP)数据

国王正在死去/(法)欧仁·尤内斯库著；黄晋凯
等译.—上海：上海译文出版社,2023.6
(尤内斯库戏剧全集)
ISBN 978-7-5327-9055-5

Ⅰ.①国… Ⅱ.①欧…②黄… Ⅲ.①剧本—作品综
合集—法国—现代 Ⅳ.①I565.35

中国国家版本馆 CIP 数据核字(2023)第 071587 号

国王正在死去	[法]欧仁·尤内斯库 著		出版统筹 赵武平
			责任编辑 李月敏
尤内斯库戏剧全集 4	黄晋凯 宫宝荣 李玉民 桂裕芳 译		装帧设计 尚燕平

上海译文出版社有限公司出版、发行
网址：www.yiwen.com.cn
201101 上海市闵行区号景路 159 弄 B 座
杭州宏雅印刷有限公司印刷

开本 890×1240 1/32 印张 9.5 插页 6 字数 119,000
2023 年 7 月第 1 版 2023 年 7 月第 1 次印刷

ISBN 978-7-5327-9055-5/I·5746
定价：76.00 元